Bonne nuit, monsieur Tom

Deuxième partie

de Michelle Magorian
illustrations de Johanna Kang

traduit de l'anglais par Janine Hérisson

Gallimard Jeunesse

A mon père

DEUXIÈME PARTIE

DOBBS, ATTELÉE À LA CARRIOLE DANS LAQUELLE ÉTAIENT ASSIS TOM ET WILLIE, TROTTAIT EN DIRECTION DE WEIRWOLD. ILS AVAIENT TOUS deux l'air consterné et n'avaient pratiquement échangé aucune parole durant tout le trajet. Willie serrait étroitement Sammy contre lui et, les yeux embués de larmes, regardait fixement tour à tour le harnais en cuir et en laiton, le flanc mouvant de Dobbs et la route caillouteuse défilant sous les roues. De temps à autre, il levait la tête pour jeter un regard furtif sur les champs environnants et la baissait aussitôt.

Tom gardait les yeux fixés droit devant lui. On apercevait vaguement au loin, à l'entrée du village, la boutique du forgeron. Il avait essayé, mais en vain, de persuader la mère de Willie de venir faire un séjour à Little Weirwold. Elle avait écrit qu'elle voulait simplement avoir Willie auprès d'elle quelque temps jusqu'à ce qu'elle se sente mieux. Il avait parlé à l'assistante à l'hébergement, mais celle-ci n'avait pu lui être d'aucun secours. Les mères reprenaient toujours leurs enfants et elles étaient légalement en droit de le faire.

Ils laissèrent Dobbs et la carriole chez le forgeron. Tom aida Willie à passer les bretelles de son vieux sac à dos. Celui-ci était rempli de livres, de vêtements et de tous les cadeaux qu'il avait reçus durant son séjour. Dans le sac avec lequel il était arrivé le premier jour se trouvaient les rares objets qu'il avait apportés avec lui.

Willie était agité de tremblements. Une rafale de vent lui fouetta le visage et il frissonna. Tom lui serra l'épaule d'une main ferme et se dirigea avec lui vers la gare, tenant Sammy au bout d'une laisse de fortune.

Ils s'assirent sur un banc le long du quai et contemplèrent les haies de l'autre côté de la voie ferrée.

– Oublie pas d'écrire, William, dit Tom d'une voix étranglée et, les mains tremblantes, il sortit sa pipe de sa poche et commença à la bourrer.

– Non, monsieur Tom.

– Et si tu changes d'avis pour les peintures, dis-le-moi et je te les enverrai par la poste.

Willie secoua la tête.

– Leur place, c'est à la maison, je veux dire, chez vous. Comme ça, elles seront là quand je reviendrai. Je reviendrai, ajouta-t-il d'un ton pressant en touchant la main de Tom, je reviendrai, n'est-ce pas ?

– Tu changeras peut-être d'avis quand tu seras chez toi. Tu as dû lui manquer, à ta mère. C'est sans doute pour ça qu'elle a pas beaucoup écrit... et, William ?

– Oui ?

– Te fais pas trop d'illusions. Vous vous êtes pas vus depuis près de six mois, alors ça sera peut-être un peu difficile au début...

Willie acquiesça d'un signe de tête.

Un panache de fumée apparut au-dessus d'un bouquet d'arbres. Ils le regardèrent s'approcher et entendirent s'enfler le grondement du train. Ils se levèrent et Tom prit Sammy dans ses bras.

– Allez, fais bien attention à toi, petit. Et continue à dessiner. Tu as vraiment du talent. Si jamais t'es à court de crayons, préviens-moi.

Willie acquiesça et ses yeux s'embuèrent de nouveau. Il cligna des paupières. Des larmes roulèrent sur ses joues. Il renifla et détourna vivement la tête.

– Merci, dit-il.

Tom sentit sa gorge se serrer. Il toussota.

– Vous allez me manquer, dit Willie.

– Toi aussi, répliqua Tom.

Ils regardèrent le train entrer en gare. Des groupes de marins et de soldats étaient penchés aux fenêtres. Tom ouvrit une portière. Un des soldats, un jeune garçon de dix-huit ans, remarqua l'air angoissé de Tom et aida Willie à monter.

– Vous inquiétez pas, monsieur, dit-il. On va bien lui trouver une place.

Tom le remercia d'un signe de tête et referma la main sur l'épaule de Willie, qui se penchait, le visage bouleversé, à la fenêtre.

Un coup de sifflet retentit. La gorge serrée, ils se firent leurs adieux, échangeant de grands signes jusqu'à ce qu'ils cessent de se voir.

– Et voilà, dit le jeune soldat.

Il avait persuadé un de ses camarades de laisser Willie s'asseoir près de la fenêtre.

– Ça ira comme ça, petit ?

Willie acquiesça, soulagé de pouvoir regarder au-dehors. Il ne voulait pas que les autres voient son visage. Il posa son sac à dos sur ses genoux et s'y cramponna avec désespoir.

Au début, le soldat le laissa tranquille puis, au bout de quelque temps, essaya de le dérider.

– Alors, dis donc, comment tu t'appelles ?

– William Beech.

– Et tu vas où ?

– A Londres.

– Je croyais qu'on évacuait les gosses, justement. Tu t'ennuies de chez toi, alors ?

Willie haussa les épaules.

– Le vieux monsieur, c'est ton grand-père ?

– Non, répondit Willie en levant la tête. C'est M. Tom.

– Ah bon ?

Les lèvres de Willie se mirent à trembler.

Le soldat n'insista pas, sentant qu'il valait mieux changer de sujet.

– Alors chez qui tu vas habiter à Londres ?

– Chez ma mère.

– Eh ben, tu vas être content de la voir, je parie. Ton papa a été mobilisé ?

– J'ai pas de papa.

– Oh, excuse-moi... Parle-moi de ta maman, reprit-il après un certain temps. Comment elle est ?

En cet instant, celle-ci ne représentait plus pour Willie qu'un vague souvenir. Elle avait des cheveux noirs. Il se rappelait au moins ça.

– Ses yeux ? demanda le soldat.

– Pardon ?

– Ses yeux. De quelle couleur sont ses yeux ?

Willie ne se rappelait pas l'avoir jamais vraiment regardée dans les yeux, mais il ne pouvait pas répondre cela. Il fallait qu'il trouve autre chose.

– Marron, je parie.

Il acquiesça.

– Elle chante souvent ?

Willie secoua la tête. L'idée que sa mère puisse chanter ailleurs qu'à l'église lui semblait inconcevable.

Ils se dévisagèrent un moment sans mot dire.

– Qu'est-ce que tu as, dans tes sacs ?

– Des vêtements et des cadeaux, des livres.

– Tu aimes lire, alors ?

Willie hocha de nouveau la tête.

– Moi, j'ai pas la patience.

– Et dessiner, fit Willie.

– Quoi ?

– Je dessine, aussi.

– Oh, fit le soldat et il comprit, en voyant ses yeux soudain briller et son visage s'éclairer d'un sourire, que c'était là un bon sujet de conversation.

– Tu en as là, de tes dessins ?

– Oui.

– J'aimerais bien les voir... enfin, si ça t'ennuie pas.

Willie hocha timidement la tête et ouvrit son sac à dos. Il en sortit un de ses trois carnets de croquis et le tendit au soldat qui l'ouvrit.

– Eh ben vrai ! s'exclama-t-il, surpris. Tu dessines drôlement bien. C'est chouette, tu sais, c'est vraiment chouette. Ta mère doit être très fière de toi, ajouta-t-il en lui rendant le carnet de croquis.

– Elle les a pas encore vus.

– Eh ben, quand elle les verra, elle sera très fière.

– Vous croyez ?

– Sûr et certain.

Willie remit avec précaution le carnet dans le sac à dos.

Il aperçut le manuel de théâtre que lui avait donné Zach, et les berlingots qu'avait soudain sortis George de sa poche quand il leur avait dit au revoir. Il n'avait pas envie de les voir en ce moment. Il ferma le rabat de son sac et boucla les courroies.

Sa mère serait-elle fière de lui ? se demandait-il. Il avait beau songer à elle, il ne parvenait pas à se rappeler clairement son visage. Elle devenait un mélange de Mme Fletcher et de Mme Hartridge. Il l'imagina en train de l'attendre sur le quai. Il agiterait la main par la fenêtre et elle ferait de même en riant, et lorsqu'il descendrait du train, il s'élancerait vers elle, elle courrait vers lui, et ils se jetteraient dans les bras l'un de l'autre. Il se ressaisit, se rappelant qu'elle était malade, en principe. Peut-être serait-elle trop malade pour venir le chercher. Peut-être même était-elle en train de mourir et, à sa place, un gardien de la paix ou un prêtre viendrait l'accueillir pour le conduire à son chevet et elle lui toucherait le bras avec douceur et lui dirait à quel point elle l'aimait et était fière de lui. Il se pencha en arrière et ferma les yeux.

Il se sentait fatigué. La tension qu'avaient fait naître en lui ses adieux l'avait épuisé. Il se demanda ce que faisait Zach. Il avait écrit spécialement pour lui les deux premières stances d'un nouveau poème épique et Willie les avait dans sa poche. Zach lui avait dit qu'il finirait son poème et le lui enverrait par la poste ou par pigeon voyageur. Le convoi se traînait vers Londres en brinquebalant et Willie sombra bientôt dans un sommeil peuplé de rêves étranges.

Il sentit qu'on le secouait.

– Hé, marmotte ! Réveille-toi ! Réveille-toi, petit. On est à Londres. On est arrivé, réveille-toi !

Il ouvrit les yeux, s'attendant à voir la lumière par la fenêtre de sa chambre et M. Tom le regardant par la trappe, mais il ne vit que le jeune soldat écossais penché sur lui, qui se détachait sur un fond vague d'uniformes kaki, dans un concert de vociférations.

Il accrocha le sac à dos à son épaule et souleva son autre sac. Il avait les jambes en coton et ses vêtements sentaient le tabac. Lorsqu'il descendit du train, l'air glacé de la nuit le saisit. Il boutonna son manteau, mit son passe-montagne et ses gants. Il jeta un coup d'œil alentour sur le quai qui grouillait de soldats, mais n'aperçut pas sa mère.

Un sergent corpulent s'arrêta à sa hauteur et baissa les yeux vers lui.

– Un fugueur, hein ? tonna-t-il d'une voix à faire trembler les vitres. Tu ferais bien d'aller voir le contrôleur, petit.

– Je suis pas un fugueur, bafouilla Willie.

– Va dire ça au contrôleur.

Le contrôleur était un homme entre deux âges à la moustache tombante. Il regarda Willie et poussa un soupir de lassitude.

– Encore un, hein ? Vous savez donc pas, vous les gosses, que vous êtes plus en sécurité à la campagne ? dit-il en pinçant l'oreille de Willie à travers son passe-montagne. Je parie que t'as pas de billet. Voyons, donne-moi donc ton adresse.

Willie sortit un billet de sa poche et le lui montra.

– Oh, fit le contrôleur. Oh.

– Je viens voir ma maman. Elle est malade.

– Ah, ah, je vois. Alors, où est-elle ? Elle vient te chercher ou bien c'est un agent ou quoi ?

– Je ne sais pas.

Le contrôleur se racla la gorge et prit un air entendu pour regarder le sergent.

– Je crois que je vais pouvoir régler ce problème, monsieur. Merci de votre aide.

Le sergent effleura le bord de son béret et disparut parmi la foule des soldats.

– Je crois qu'il vaudrait mieux trouver un agent, mon garçon.

Willie jeta un regard affolé autour de lui.

– Attendez ! La voilà ! dit-il en indiquant une femme maigre au visage renfrogné qui se tenait près d'une pile de sacs de sable.

Il agita la main et se mit à l'appeler, mais elle regardait dans le vide sans le voir ni l'entendre.

– Elle a pas l'air de te connaître, hein ? Tu ferais mieux d'attendre un peu ici.

– Je vais lui parler.

– Ah, mais non ! s'écria le contrôleur en l'empoignant par le bras, puis il se ravisa. Oh, après tout, vas-y.

Willie courut vers elle.

– Maman ! cria-t-il. Maman !

– Va-t'en, répliqua-t-elle d'un ton rogue. Ne compte pas me soutirer de l'argent.

– Maman, répéta-t-il, c'est moi.

Elle baissa alors les yeux et s'apprêtait à lui dire de filer lorsqu'elle le reconnut. Oui. C'était bien Willie, mais il avait tellement changé. C'était un petit garçon qui se tenait bien droit devant elle, le visage éclatant de santé. Il était chaussé de solides bottines et portait d'épaisses chaussettes de laine, un pull-over à col roulé vert, un manteau bleu marine et un passe-montagne. Ses cheveux lustrés couvraient son front, et ses joues étaient rondes et rosées. Elle était abasourdie.

– Je suis vraiment content de te voir, maman. J'ai tellement de choses à te raconter, et puis il y a mes dessins…

Cette nouvelle façon de s'exprimer la surprit. Elle s'était attendue à le trouver plus soumis, mais sa voix elle-même était plus sonore.

– Excuse-moi, dit-elle. Je ne vais pas très bien, tu comprends, et je suis un peu fatiguée. Je ne m'attendais pas à te voir changé à ce point.

Willie parut déconcerté.

Il pensait, lui, que c'était sa mère qui avait changé. Il avait acquis de nouvelles connaissances, certes, mais il était bien toujours le même.

Il observa le visage de sa mère. Celui-ci était très pâle, son teint jaunâtre, et ses lèvres étaient violacées. Deux rides amères encadraient sa bouche fine. Il baissa les yeux vers son corps. Elle portait un long manteau noir, des bas beiges et d'élégantes chaussures lacées à talons. Un petit sac à provisions était calé contre sa jambe.

Il lui toucha le bras avec douceur.

– Je vais te le porter, maman, dit-il en ramassant le sac.

Elle se retourna vivement et lui donna une claque brutale sur la main.

– Je te dirai ce que je veux et quand je le veux, et tu sais que je n'aime pas qu'on me touche.

– Pardon, marmonna-t-il.

Ils se tenaient l'un devant l'autre, silencieux, mal à l'aise, dans le tohu-bohu de la vaste gare.

Willie sentit son cœur se serrer; le vague espoir qu'il avait caressé s'évanouissait rapidement mais il se rappela alors que M. Tom lui avait dit que ce serait un peu difficile au début et qu'il leur faudrait un certain temps pour s'habituer de nouveau l'un à l'autre.

Mme Beech, pendant ce temps, observait son petit garçon, et réfléchissait intensément. Elle se disait qu'il lui fallait se montrer indulgente avec lui pour le moment. Après tout, c'était son premier jour et il avait beaucoup à apprendre avant de devenir adulte.

– Allons boire une tasse de thé, dit-elle enfin. Tu peux prendre mon sac.

– Merci, maman, dit-il et il sourit.

Elle recula vivement, horrifiée. Elle ne se souvenait pas l'avoir jamais vu sourire auparavant. Elle avait espéré qu'il serait resté un enfant sérieux. Ce sourire la terrifiait. Il menaçait son autorité. Elle se ressaisit et fit un pas en avant, lui tendant son sac.

« Tout ira bien », songea Willie. Il la suivit dans une ruelle obscure jusqu'à un petit café. Ils s'assirent près de la porte.

– Tu as l'air d'avoir repris des forces, dit sa mère. Il te nourrissait bien, ce M. Oakley ?

Willie but une gorgée de thé. Il ne valait pas celui de M. Tom, mais il était bouillant et c'était l'essentiel.

– Oui, très bien.

Elle montra le sac à dos par terre.

– D'où tu tiens ça ?

– De M. Tom.

– Oh, et qui est-ce ?

– M. Oakley. Il me l'a donné pour emporter mes cadeaux.

Une des mains de sa mère était posée sur la table. Il amorça un geste pour la toucher, mais se ravisa aussitôt.

– Il y a aussi un cadeau pour toi.

– Je n'ai pas besoin qu'on me fasse la charité, merci, dit-elle, les lèvres pincées. Tu le sais très bien.

– C'est pas de la charité. C'est pour que tu guérisses. Mme Thatcher t'a tricoté des chaussons. Ils sont roses. Et bien doux. Et la maman et le papa de Lucy, ils ont mis des œufs et du beurre.

– Du beurre ?

– Oui. Et Mme Fletcher, elle t'a fait un cake. Elle dit que t'auras peut-être pas envie de le manger tout de suite, mais que ça se garde.

« Il parle beaucoup », pensa-t-elle. Elle ne l'avait jamais vu ainsi. Bien trop sûr de lui. Une stricte discipline aurait tôt fait de rabattre son insolence.

– Et tante Nance, Mme Little, t'envoie une bouteille de vin tonique.

Le visage de Mme Beech s'empourpra.

– Du vin ! s'écria-t-elle avec fureur, puis elle se maîtrisa et baissa le ton. Du vin ! répéta-t-elle. Est-ce que je ne t'ai pas parlé des méfaits de la boisson ? Tu buvais, alors, toi aussi ? Qui est cette femme débauchée ?

– C'est pas comme ce qu'on achète dans un pub, maman. J'ai demandé. Elle dit qu'il y a du fer dedans. Ça va t'aider à retrouver tes forces. M. Little est un vrai docteur, maman, et c'est sa femme.

– Quel genre de docteur ? demanda-t-elle, soupçonneuse.

Il eut un haussement d'épaules.

– Un qui aide les gens à aller mieux. J'avais peur de lui au début, mais plus maintenant.

– Alors il ne peut pas être un vrai docteur.

– Mais si, maman.

Mme Beech fut frappée de stupeur. Son fils avait osé lui répondre. Et même, il la contredisait !

– Tu discutes avec moi ?

– Non, maman. Je voulais simplement...

– Cesse de prendre ce ton !

– Quel ton, maman ?

– Ne joue pas l'innocent !

– Je ne comprends pas... commença-t-il.

– Tu n'as pas changé, n'est-ce pas ? Je pensais que cet homme se ferait craindre de toi et t'inculquerait la notion du bien, mais je vois que ça n'est pas le cas.

Elle se sentit tout à coup gagnée par un vent de panique qui lui glaçait les membres.

– Il était croyant, n'est–ce pas ?

– Oui, maman. Il s'occupe de l'église et du cimetière. Je te l'ai dit dans mes lettres.

– Ah oui ! Tes lettres. Voyons, Willie, je croyais que tu avais perdu l'habitude de mentir.

– Mais je mens pas...

– Arrête de parler comme ça ! Ce n'était pas ton écriture. Je le sais. C'est pourquoi je ne me suis pas donné la peine de répondre.

– Mais j'ai appris à l'école et M. Tom et miss Thorne m'ont aidé.

– Eh bien, vrai. Tu leur en as donné du mal, à tous ces gens. Ils ont dû être contents de te voir partir.

– Non, maman, pas du tout. Ils... il hésita. Ils m'aiment bien.

– Quoi ?

– Ils m'aiment bien, répéta-t-il et cette phrase le réconforta.

– Ils faisaient semblant, Willie. Tu es un réfugié et ils se montraient polis, voilà tout.

– Non, maman !

– Tu commets le péché d'orgueil, Willie, et tu sais ce qui arrive à ceux qui commettent le péché d'orgueil.

Willie nageait en pleine confusion. Il avait l'impression de s'enfoncer petit à petit dans un mauvais rêve.

Mme Beech pianotait doucement sur la table.

– Ça suffit comme ça, Willie. Nous n'allons pas nous disputer dès le premier soir, n'est-ce pas ?

Il secoua la tête.

Willie ? Encore une chose qui lui paraissait étrange. Personne ne l'avait appelé ainsi depuis six mois. Will, en revanche, sonnait agréablement à ses oreilles, ou encore son véritable prénom, William.

Et maintenant, lorsqu'il entendait sa mère l'appeler Willie, il avait l'impression qu'elle s'adressait à quelqu'un d'autre.

Elle se pencha vers lui.

– Je voulais te dire une chose, Willie.

Elle se força à sourire et ce sourire, étrangement, alarma Willie, car il ne transparaissait pas dans ses yeux sans vie.

– C'est une petite surprise, ajouta-t-elle, mais il va falloir nous faufiler dans la maison. Personne ne doit te voir. C'est... hésita-t-elle, c'est comme un jeu, et elle se sentit soulagée d'avoir eu cette idée.

– Personne ne doit me voir ?

– Non.

– Pourquoi ?

Elle fronça les sourcils, puis se força à sourire de nouveau.

– Tu verras. C'est une surprise. Cela gâcherait tout si je te le disais.

Il acquiesça. Il ne ressentait pas vraiment une douleur au creux de l'estomac. Il l'imaginait seulement, n'est-ce pas ? C'était elle qui était malade, pas lui.

– Et alors tu pourras sortir ton gâteau et les cadeaux.

– Oui, dit-il, et son visage s'éclaira. Je peux déjà te montrer mes dessins.

Elle lui fit signe de se taire. Elle ne voulait pas qu'il recommence à parler.

– Oui, bien sûr, mais pour le moment, j'ai mal à la tête. Ça peut attendre, n'est-ce pas ?

Ils sortirent du café et prirent un autobus dont les fenêtres étaient protégées par ce qui semblait être du grillage de poulailler.

– Ça sert à quoi ? demanda-t-il.

– C'est mal élevé de poser des questions et c'est mal élevé de montrer du doigt. Conduis-toi correctement, chuchota-t-elle.

– Tu t'embêtais de Londres, pas vrai, mon mignon ? demanda la conductrice en leur donnant leurs tickets.

C'était la première fois que Willie voyait une femme conduire un autobus.

– C'est ennuyeux, la campagne, y paraît. Toutes ces vaches. Quand même, on y est plus en sécurité, dit-elle en adressant un clin d'œil à la mère de Willie. Mais il vous manquait, pas vrai, ma belle ?

Elle inclina la tête, posa un bras raide sur l'épaule de Willie et esquissa un sourire crispé.

– Oui, et je n'ai que lui au monde.

– C'est pas possible. Et moi qui en ai cinq ! J'ai renoncé à les évacuer. Ça vaut vraiment pas le coup. Il se passe rien, finalement. On dirait même pas qu'il y a la guerre, pas vrai ?

– Non, répondit la mère de Willie poliment.

Willie frissonnait contre le corps raidi de sa mère. Le poids de son bras sur ses épaules lui donnait la nausée. Sa propre mère le rendait malade. Peut-être était-il vraiment mauvais après tout.

Le bus roulait lentement sous le couvre-feu, mais ils finirent par atteindre sans encombre le quartier de Deptford où Willie et sa mère descendirent.

– Bonne nuit ! leur cria la conductrice.

Mme Beech conduisit Willie en haut de leur rue. Puis elle lui demanda de se cacher au coin d'une ruelle et de surveiller leur porte d'entrée. Dès qu'elle l'aurait ouverte et qu'elle aurait toussé, il devait la rejoindre en courant et entrer dans la maison.

« Quel jeu étrange », songea Willie. Il glissa la main dans la poche de sa culotte et y sentit le poème de Zach. Ce contact l'aida à échapper au sentiment d'irréalité qui l'habitait.

Il n'attendait pas depuis bien longtemps lorsqu'il entendit sa mère tousser. Prenant ses deux sacs, il traversa la rue en les traînant. Sa mère lui chuchota d'une voix irritée de se dépêcher. Elle semblait terrifiée. Elle ne voulait pas que l'on sache qu'il était de retour. Il entra en trébuchant dans le salon qui se trouvait plongé dans l'obscurité. Une odeur âcre le prit à la gorge. On aurait cru qu'un chien avait fait ses besoins dans un coin de la pièce.

– C'est un chien ? demanda-t-il.

– Quoi, un chien ?

– La surprise.

– La surprise ? Oh, ça. Non, ça n'est pas un chien.

Elle alluma. La pièce était plus sombre que Willie ne se le rappelait. Il laissa errer son regard sur les murs gris. Deux livres de prières étaient posés sur le manteau de la cheminée et un autre sur le petit buffet, à leur place habituelle. En plus des journaux collés aux fenêtres, il y avait également des croisillons de papier collant marron.

– Ça sert à quoi ? demanda Willie.

– Qu'est-ce que j'ai dit, pour les questions ? hurla-t-elle en frappant violemment du poing sur la table.

– Ne me… commença Willie, saisi.

– Tu me donnes des ordres ?

– Non, protesta-t-il, je voulais seulement dire, ne me pose pas de questions. C'est ce que tu dis. Tu dis que je dois pas poser de questions.

– Et ne m'interromps pas quand je parle.

Ils se tenaient l'un en face de l'autre, avec de nouveau ce silence gêné entre eux. Willie se détourna et ce fut alors qu'il aperçut une caisse en bois posée sur une chaise dans un coin. Il s'apprêtait à demander ce que c'était, mais se ravisa et se dirigea vers la caisse pour regarder à l'intérieur.

– C'est ça, la surprise, fit-elle.

Il tendit la main.

– Un bébé, murmura-t-il. Mais pourquoi ?

Il s'interrompit et se retourna.

– Il a du sparadrap sur la bouche.

– Je sais. Je ne voulais pas qu'elle fasse de bruit pendant que j'étais sortie. C'est un secret, tu comprends ?

– Ah bon ?

Il hésita.

– C'est le tien ?

– Le nôtre.

– Un cadeau ?

– Oui.

– De qui ?

– De Jésus.

Il baissa les yeux vers le bébé. La petite fille sentait très mauvais. Elle ouvrit les yeux et se mit à pleurer.

– Je vais la prendre, dit-il en se penchant sur elle.

– Je te l'interdis !

– Mais elle pleure.

– Elle essaye simplement d'attirer l'attention. Elle doit apprendre un peu ce qu'est la discipline.

– Mais, mais, bégaya-t-il, ce n'est qu'un bébé !

– Assieds-toi ! hurla-t-elle. Immédiatement !

Willie s'assit derrière la table.

– Elle a un nom ?

Elle assena un violent coup de poing sur la table.

– Non ! et ça suffit comme ça, tes questions, sinon tu vas tâter de la ceinture !

Willie devint cramoisi. La ceinture ! Elle était restée chez M. Tom. Mieux valait ne rien dire. Sa mère allait peut-être oublier.

– Maintenant, voyons un peu ce qu'il y a dans ces sacs. Et enlève ton manteau.

Il l'accrocha au dossier de la chaise, fourrant ses gants et son passe-montagne dans les poches. Il vida d'abord le sac à provisions et en sortit ses vieilles baskets dont le bout avait été coupé.

– Elles étaient devenues trop petites, expliqua-t-il en posant sur la table son mince tricot gris, sa culotte, son ciré et sa bible.

– Je vois que tu as toujours ta bible, dit-elle. Tu as continué à l'étudier, j'espère, et à l'apprendre.

– Oui, maman.

Elle se pencha en arrière sur sa chaise.

– Récite-moi le chapitre un de l'Exode, du premier au sixième verset.

Willie la regardait sans comprendre.

– Je les sais pas par cœur, maman. J'apprends les histoires, quoi. Je peux te raconter un tas d'histoires, l'Ancien et le Nouveau Testament.

– Les histoires ne m'intéressent pas. Tu apprenais par cœur avant de partir d'ici.

– Parce que j'entendais les autres réciter à l'école du dimanche, expliqua-t-il. On n'avait pas...

– Déballe cet autre sac, coupa-t-elle.

Il défit les courroies du sac à dos et commença à sortir lentement tout ce qui s'y trouvait. Il avait l'impression de se mettre à nu devant elle. Tout ce qui était pour lui précieux et important se trouvait maintenant soumis à son examen.

Le visage blême, elle le regardait sortir ses affaires. Lorsqu'il eut terminé, elle prit la parole d'une voix contenue, pesant soigneusement chacun de ses mots.

– Maintenant, je vais te poser des questions et tu vas me répondre et je ne veux pas d'insolence ! D'où viennent les vêtements et les bottines que tu portes ?

– De M. Oakley et de Mme Fletcher.

– Tu les as volés ?

– Non. C'étaient des cadeaux.

– Tu as mendié, pour les avoir.

– Non, pas du tout.

– Ne discute pas. Tu as mendié.

Il prit les œufs, le beurre, le cake, le vin, les chaussons et les glissa sur la table dans sa direction.

– Et voilà tes cadeaux, dit-il.

– Ceux-là aussi, tu les as mendiés, je suppose.

– Non. Et moi aussi, j'ai un cadeau pour toi, ajouta-t-il.

Mais tout était gâché, maintenant. Sa surprise. C'était M. Tom qui en avait eu l'idée. Il prit deux morceaux de carton soigneusement attachés et dénoua les ficelles. Un dessin était glissé à l'intérieur, qui représentait le cimetière et l'église avec les champs et les arbres au fond. Il le tendit à sa mère.

– C'est là que je vivais.

Elle examina le dessin.

– Tu l'as volé ?

– Non.

« Cette fois, elle va être contente de moi », pensa-t-il.

– Non. Je l'ai dessiné moi-même.

– Ne mens pas.

– Je ne mens pas. C'est moi qui l'ai dessiné. Regarde ! Et il saisit un de ses carnets de croquis.

– Ceux-là aussi, c'est moi qui les ai faits, dit-il en ouvrant la première page.

– Je n'ai pas le temps de regarder des dessins, Willie.

– Mais c'est moi qui les ai faits ! s'écria-t-il. Je t'en prie, regarde-les !

– Willie. Tu as beaucoup à apprendre. Je vais les brûler ou les donner à des œuvres de charité. J'espère seulement que personne ne découvrira jamais ce que tu as fait.

Willie la regardait d'un air atterré.

– Je les ai pas volés, je te jure, maman. Je les ai dessinés moi-même. Je peux te montrer.

– Ça suffit ! trancha-t-elle en tapant du poing sur la table.

La situation était encore pire que tout ce qu'elle avait pu imaginer. Il lui faudrait beaucoup d'efforts pour le réduire à nouveau au silence et le contraindre à l'obéissance.

– Et ceci ? demanda-t-elle en montrant les livres et les bonbons, les crayons de couleur, les vêtements.

– Des cadeaux, murmura-t-il.

– Encore des cadeaux, Willie ? Tu espères vraiment me faire croire ça ? Tu t'imagines que je vais croire que des étrangers t'ont fait des cadeaux ?

– C'est pas des étrangers, maman. C'est des amis.

– Des amis ! J'aimerais bien savoir qui sont ces prétendus amis !

– George, et Zach, et les jumelles et...

– Ils vont à l'église ?

– Oh oui. George est enfant de chœur. Moi aussi.

Son visage s'assombrit.

– Enfin, je l'étais. Mais Ginnie et Carrie...

– Des filles ?

– Oui. Les jumelles. Carrie travaille pour...

– Tu joues avec des filles ? Après tout ce que je t'ai dit à ce sujet, tu fréquentes des filles.

– Mais elles sont très bien, et elles vont à l'église. Ils y vont tous, sauf Zach.

– Zach ? Qui est-ce ?

– Zach, dit-il. C'est le diminutif de...

Il se mordit les lèvres. Son instinct lui disait qu'il s'aventurait sur un terrain dangereux. Ses oreilles se mirent à bourdonner et la voix de sa mère parut lui parvenir de très loin.

– Pourquoi ne va-t-il pas à l'église ? demandait-elle.

Il essaya de demeurer évasif.

– Il croit en Dieu, maman, et il connaît vraiment bien la Bible.

– Pourquoi ne va-t-il pas à l'église alors ?

– Ils en ont pas de comme ça dans le village, tu comprends, et de toute façon... il hésita un moment, il pense qu'on trouve davantage Dieu dans les champs et dans le ciel et en aimant les gens que dans les églises et les synagogues.

– Dans quoi ? insista-t-elle.

– Dans les champs, et... et... dans, dans le ciel.

– Non. Tu as dit dans les églises ou dans quoi ? Qu'est-ce que tu as dit ?

– Les synagogues, répondit Willie. C'est comme ça qu'ils appellent leurs églises.

– Qui ?

– Les Juifs. Zach est juif.

Sa mère poussa un véritable cri de terreur.

– Tu as été empoisonné par le démon ! Tu ne le sais donc pas ?

Et, se levant, elle le frappa sauvagement au visage. Il leva les mains pour se défendre, ce qui ne fit qu'accroître la fureur de sa mère. Il bascula en arrière avec sa chaise et s'écroula par terre.

– Mais... bégaya-t-il, Zach dit que Jésus était juif.

– Blasphémateur ! hurla-t-elle. Blasphémateur !

Un objet lourd heurta son front et Willie sombra dans une sorte de nuit glacée. Il pouvait encore entendre sa mère vociférer, et il savait qu'elle le frappait, mais il se sentait comme engourdi. Une part de lui-même se détachait, planant au-dessus de lui pour observer les coups qui pleuvaient.

Il se réveilla en sursaut, tout frissonnant. Il essaya d'étendre ses jambes raidies, mais elles lui faisaient mal. Ouvrant les yeux, il regarda autour de lui dans l'obscurité. Il savait où il se trouvait. Il avait été bouclé sous l'escalier. Il jeta un coup d'œil par une fente de la petite porte. Tout était sombre. Sa mère avait dû aller se coucher. Il frissonna de nouveau. On lui avait retiré ses bottines, ainsi que son pull-over et sa culotte. Il porta la main à sa taille et grimaça en sentant une meurtrissure. Son gilet de corps avait été cousu à son caleçon. Il prit un mince bout de tissu coincé sous lui et s'en enveloppa tant bien que mal. Il sentait une odeur de sang. Il toucha son crâne et y découvrit plusieurs bosses sensibles. Ses jambes l'élançaient et elles étaient couvertes d'un liquide poisseux.

La nuit précédente, il avait dormi dans le seul lit qu'il avait jamais eu, dans sa propre chambre. Il se réjouit d'y avoir laissé ses peintures et ses pinceaux. M. Tom en prendrait soin. M. Tom, qui lui avait donné des enveloppes timbrées avec son adresse dessus pour qu'il puisse lui écrire. Il avait également cousu deux demi-couronnes dans son manteau. Y seraient-elles encore? Ou bien sa mère allait-elle le vendre avec tous ses vêtements? Il pensa au bébé, bâillonné avec du sparadrap.

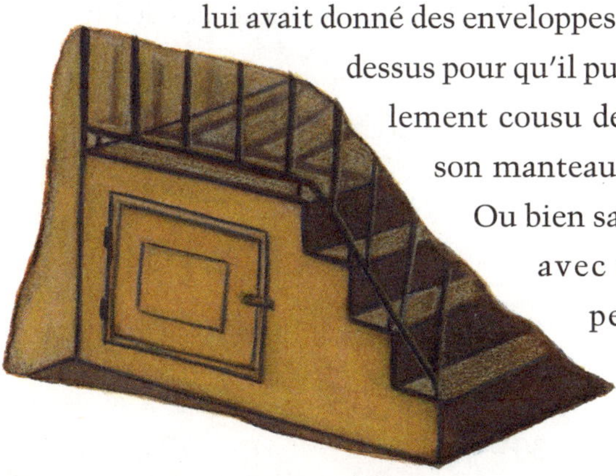

Si elle vendait ses habits, cela aiderait peut-être le bébé. Il se souvint des livres et du poème de Zach. Elle allait certainement brûler tout ça, puisque le nom de Zach y figurait.

Etendu là dans le noir, il se faisait l'effet d'un être différent. Il n'était plus Willie. C'était comme s'il avait dit adieu à celui qu'il avait été jusqu'alors. Il ne se sentait plus habité de deux personnalités. Il était Will et personne d'autre.

Pendant un instant, il se prit à regretter d'être jamais allé à Little Weirwold. Il aurait alors continué à penser que sa mère était douce et aimante. Il n'aurait rien connu d'autre. Une vague de désespoir le submergea et il maudit cette lucidité qu'il avait acquise. Il n'était plus depuis longtemps habitué à toute cette souffrance. Il avait laissé tomber toutes ses défenses.

– Monsieur Tom, chuchota-t-il dans le noir. Monsieur Tom. Je veux vous voir, monsieur Tom.

Et il eut un bref sanglot.

Sa cheville le faisait souffrir. Il avait dû se la tordre en tombant. Il l'enserra de ses mains. Elle était enflée et sensible au toucher. Il la lâcha et se roula en boule, transi de froid, priant le ciel de lui envoyer vite le sommeil.

12

LE COTTAGE SEMBLAIT BIEN SILENCIEUX SANS WILLIAM. TOM REGRETTAIT LE BRUIT DE SES BOTTINES CLAQUANT SUR LE CARRELAGE de l'entrée et son bavardage, le soir. Durant les journées qui suivirent son départ, Tom se surprit à lever les yeux, à table, afin de partager avec Willie l'une de ses récentes lectures pour s'apercevoir alors que la chaise que celui-ci occupait habituellement était vide. Il ressentait alors un sentiment identique à celui qu'il avait éprouvé après la brusque disparition de Rachel. Il pouvait du moins se consoler en songeant que Willie était vivant. Il écoutait les nouvelles à la radio avec une attention accrue, surtout quand on signalait des bombardements à proximité de Londres.

Hitler avait maintenant envahi la Norvège et le Danemark, et d'importantes unités de la flotte britannique avaient été envoyées pour venir en aide aux pays occupés. Mais la guerre ne troublait guère la vie paisible des habitants de Little Weirwold si ce n'est celle des gens qui regrettaient William. C'était tellement triste qu'il ne soit pas là pour assister à l'arrivée du printemps. Des boutons d'or apparaissaient déjà dans les champs, et dans les bois, les primevères et les violettes avaient jailli de la terre humide.

Tom attendait patiemment une lettre. Au bout d'une semaine, toujours sans nouvelles de William, il pensa que celui-ci était sans doute trop occupé pour pouvoir lui répondre; sa mère avait dû le surcharger de tâches multiples. Il se fit le même raisonnement durant la deuxième semaine mais, au bout de la troisième, l'anxiété le gagna. Il avait déjà envoyé quatre lettres. Il savait que Zach, de son côté, avait écrit plusieurs fois, mais sans jamais recevoir de réponse.

Une nuit, il se réveilla en sursaut, en proie à un cauchemar. Dans son rêve, il avait été enfermé dans un endroit exigu et sans aération où il lui semblait être enterré vivant. Mais c'était une voix qui l'avait réveillé. Il lui semblait avoir entendu William l'appeler au secours. Se redressant brusquement, il trouva Sammy assis à côté de son lit, haletant. Il se leva en titubant et se dirigea à tâtons vers la fenêtre de sa chambre. Ecartant légèrement le rideau noir du couvre-feu, il jeta un coup d'œil au-dehors. Il faisait encore nuit. Il ouvrit la porte, traversa l'entrée pour gagner le salon et regarder la pendule. Il était trois heures du matin. Presque l'heure d'aller prendre son service à la Défense passive, de toute façon. Il s'y rendrait en avance pour relever Hubert Pullet. Il mit son pantalon de velours côtelé, passa un gros pull-over par-dessus son pyjama, enfila ses bottes et sortit dans la nuit fraîche. Tout en marchant, il endossa son imperméable, mit sa casquette et ajusta la bretelle de son masque à gaz à l'épaule. Sammy le suivait, tirant une vieille couverture dont il tenait un coin dans sa gueule.

La tour de guet pour l'alerte au feu était une plate-forme de fortune construite sur le toit de la salle des fêtes. « Une dépense bien inutile », avait songé Tom quand on l'avait édifiée. Il grimpa à l'échelle qui y donnait accès. M. Pullet, assis sur une chaise, somnolait, enveloppé dans une couverture. Il se réveilla, heureux de voir Tom plus tôt que prévu. Ils bavardèrent un moment, puis M. Pullet décida d'aller retrouver son lit bien chaud. Tom s'installa le plus confortablement possible et Sammy se pelotonna entre ses jambes.

Les yeux levés pour regarder le ciel, il n'arrivait pas à dissiper l'angoisse que son cauchemar avait fait naître en lui. Si William avait eu besoin d'aide, il aurait sûrement écrit. Contemplant la voûte étoilée, il réfléchissait.

Deux heures plus tard, alors que l'aube rosissait le ciel, Mme Butcher vint prendre sa place.

12 LA QUÊTE

En rentrant chez lui, il aperçut May, la sœur de miss Thorne, sur sa bicyclette. Elle distribuait le courrier. Il courut derrière elle.

– Rien pour vous, je crains, dit-elle. Je suis désolée.

Elle hésitait à repartir.

– Monsieur Oakley, dit-elle d'une voix anxieuse, j'ai un télégramme. Pour Annie Hartridge.

Tom la regarda, alarmé. Le dernier télégramme avait apporté la nouvelle de la mort de Michael Fletcher.

– Je suis un peu inquiète, reprit-elle, avec la naissance du bébé qui approche. J'aimerais bien attendre la visite de la sage-femme pour porter le télégramme, mais le règlement l'interdit.

Tom, pensif, fronça les sourcils.

– Vous avez vu Mme Fletcher ?

Elle secoua la tête.

– Je voulais pas la déranger.

– Je vais aller la trouver et lui suggérer de passer chez Annie.

– Merci.

Il la regarda appuyer sur les pédales et se diriger vers les fermes au sud du village.

Mme Fletcher venait tout juste de quitter son mari et Edward qui étaient partis travailler. La porte de la cuisine était encore ouverte et la lumière qui en provenait projetait une clarté diffuse sur le jardin étincelant de rosée. Elle se tenait sur le pas de la porte.

– Vous êtes pas de service, hein ? demanda-t-elle en jetant un œil coupable à sa lampe allumée.

– Non, non, répondit Tom. Je voulais juste vous dire un mot.

– George et David dorment encore. Ils viendront pas nous embêter. Entrez donc prendre une tasse de thé. Vous avez l'air bien pâle.

Il pénétra dans la cuisine chaude et accueillante. Sammy le suivit et se pelotonna devant le fourneau.

Elle s'assit à table et versa deux tasses de thé.

– Tenez, dit-elle, en poussant vers lui une des tasses. Qu'est-ce que je peux faire pour vous ?

Tom eut l'air surpris.

– Vous voulez me demander quelque chose, n'est-ce pas ? C'est à propos de Will ?

Tom secoua la tête.

– Il y a un télégramme pour Annie Hartridge.

Mme Fletcher reposa lentement sa tasse.

– David ? demanda-t-elle.

– Je sais pas. Je me suis dit, vous qui avez perdu Michael, et elle qui va avoir son bébé… elle a peut-être besoin de quelqu'un pour l'entourer.

– Bien sûr, répondit-elle.

Elle se leva aussitôt et dénoua vivement les cordons de son tablier.

– Elle l'a pas encore reçu, dit-il.

Elle baissa ses manches qu'elle avait roulées aux coudes.

– Je vais y aller le plus vite possible. Dans son état, elle pourrait tomber raide ou je ne sais quoi encore. Je trouverai bien une excuse, des œufs de la part des Padfield, des bricoles pour le bébé, un prétexte de ce genre…

Tom acquiesça. C'était en effet la meilleure solution. Il la regarda enfiler son manteau.

– Les trains pour Londres, marmonna-t-il.

– Oui ? fit-elle, déconcertée. Quoi donc ?

– Ils marchent le vendredi, non ?

– C'est bien ça.

– On est vendredi aujourd'hui, non ?

Il se leva brusquement.

– Je vais le prendre, ce train, madame Fletcher, et qui plus est, je vais le prendre aujourd'hui même.

Le voyage de Tom jusqu'à Londres fut aussi cahoteux et entrecoupé d'arrêts que l'avait été celui de William. Une pâle lumière bleue éclairait les wagons bondés et l'atmosphère était suffocante. Tom trouvait irritant de ne pas pouvoir lire le nom des gares qu'ils traversaient, mais une fois la nuit tombée, il devenait trop dangereux malgré la faiblesse de l'éclairage d'écarter les rideaux noirs. Sammy s'était non seulement faufilé dans la carriole mais en avait sauté pour suivre Tom jusqu'à la gare, et il se trouvait maintenant couché sur ses genoux. Une corde, qu'il serrait entre ses crocs, lui tenait lieu de laisse.

Tom, qui au début ne voulait pas que Sammy l'accompagne, était maintenant bien content de l'avoir. Il se serait senti bien seul sans lui.

LA QUÊTE 12

Il était neuf heures lorsque le train arriva à Londres. Tom en descendit, suivi de Sammy, et s'arrêta sur le quai, l'air tout hébété. Le bruit était assourdissant. Des centaines de soldats en uniforme passaient devant lui en s'apostrophant. Un autre train démarra et une voix annonça par un haut-parleur les numéros des quais et les destinations. Il fallut un certain temps à Tom pour s'orienter vers la sortie. Il offrait un étrange spectacle avec son épaisse chevelure blanche et son visage buriné par les intempéries, coiffé d'une vieille casquette en velours côtelé, avec son caban et ses bottes de paysan, et Sammy, à ses pieds, qui aboyait. Essayant de se repérer parmi la foule des soldats, il aperçut enfin le contrôleur. Il accrocha alors à son épaule le sac à dos qu'il avait emprunté, rempli de vêtements et de nourriture pour William, que lui avaient donnés les habitants du village.

Il tendit son billet au contrôleur qui baissa les yeux vers Sammy.

– Devrait avoir une muselière, ce chien ! s'exclama-t-il.

Tom acquiesça, n'ayant nulle intention de s'en procurer une.

– D'où vous êtes ? enchaîna l'employé. Pas de Londres, ça, ça se voit. En vacances, p't-être bien ?

Et il s'esclaffa, frappé par l'absurdité de sa remarque. Tom, impassible, le dévisagea.

– Je plaisantais, seulement, marmonna l'employé. Vous avez pas le sens de l'humour, hein ?

– Où est Deptford ? demanda Tom.

– Deppeteforrard ? répéta l'homme en imitant l'accent de Tom. Connais pas. Comment vous dites ?

Tom répéta sa question et l'homme haussa les épaules.

– Ern ! lança-t-il à un employé de la Défense passive qui passait. Viens donc ici.

– Jamais entendu parler, déclara à son tour Ern. Pourtant, je connais bien Londres. J'étais chauffeur de taxi. Vous pouvez l'écrire ?

Tom leur tendit un bout de papier sur lequel l'adresse était inscrite.

– Oh, vous voulez dire Deptford ! s'exclamèrent-ils en chœur.

Tom répéta le nom en le prononçant comme eux.

Ils se mirent à faire de grands gestes en direction d'un passage voûté sur la gauche et lui indiquèrent comment gagner la gare des autobus. Tom les remercia et suivit leurs instructions. Les deux hommes le regardèrent s'éloigner en compagnie de Sammy tenu en laisse.

– Y en a qu'ont des drôles de dégaines, déclara le contrôleur. J'espère que c'était pas un espion allemand !

Et ils éclatèrent d'un rire bruyant.

Tom tenait la laisse de Sammy d'une main ferme, car dans la rue sombre, il ne cessait de se cogner aux passants. Il trouva enfin un autobus qui devait le rapprocher de Deptford, mais qui roulait avec une lenteur désespérante. Il observait avec étonnement la conductrice qui portait un uniforme masculin. Un peu irritée au début, celle-ci se rendit vite compte qu'il était nouveau venu à la capitale.

– Vous faites partie des réfugiés ? demanda-t-elle gentiment.

– Non, répondit-il. Je crois pas.

– D'où vous êtes, alors ?

– Little Weirwold.

L'accent de Tom était si prononcé qu'elle ne le comprit pas.

– C'est à la campagne, hein ? hurla-t-elle, pensant qu'il comprendrait peut-être mieux si elle haussait la voix.

– Ben oui, fit-il.

– Qu'est-ce qui vous amène à Londres ?

– Suis venu voir un petit garçon.

– Oh ! Votre petit-fils, pas vrai ?

Tom acquiesça de nouveau. Il savait que c'était un mensonge, mais il ne voulait pas se lancer dans des explications compliquées. Sammy était docilement installé sur ses genoux.

Après avoir changé plusieurs fois d'autobus et s'être plusieurs fois trompé en suivant de fausses indications, il arriva enfin, vers minuit, dans le quartier où habitait William. Habitué maintenant à l'obscurité, il pouvait se rendre compte de l'état de délabrement des taudis qui l'environnaient. C'étaient de petites bâtisses décrépites, tassées les unes contre les autres, nécessitant une sérieuse rénovation. « C'était donc là que vivait William », songea-t-il.

Soudain, un hurlement de sirène déchira le silence nocturne. Il se figea ne sachant que faire. Il avait appris par les journaux l'existence d'abris collectifs et il savait que les gens souvent s'entassaient dans les stations de métro, mais il ignorait où se trouvait la plus proche.

12 LA QUÊTE

– Allez, avancez ! vociféra une voix sonore. Gagnez vos abris.

Un groupe de personnes le frôla, grommelant et poussant des jurons.

– Qui c'est qu'a les cartes ? cria une femme dans le noir. Alf, tu les as, ces fichues cartes ?

Une jeune fille le bouscula.

– Hé, m'sieur, vous pouvez pas regarder où vous allez ? fit-elle, furieuse.

– S'cusez-moi, marmonna-t-il. Où vous allez ? cria-t-il ensuite.

Mais elle avait déjà filé en courant.

Il sentit une main sur son bras. C'était un vigile, un homme affable qui n'avait guère que dix ans de moins que lui.

– Vous me semblez un peu perdu, monsieur. Venez avec moi.

Tom prit Sammy dans ses bras et le suivit, courant derrière lui, en direction d'un long bâtiment en briques avec un immense *S** gris peint au-dessus de la porte.

Le vigile, ainsi que l'apprit Tom, était le concierge de l'école du quartier. Avec plusieurs autres personnes, il avait été nommé par les gens du coin. Il s'assit à côté de Tom.

– Vous savez, les chiens sont pas autorisés dans les abris, monsieur.

Tom se leva pour partir, mais le vigile lui toucha doucement le bras.

– Mais je crois qu'on va fermer les yeux.

---

* Abréviation de *Subway*, le métro londonien.

Il observait Tom d'un air intrigué.

– D'où êtes-vous donc ? Vous avez l'air d'un homme de la campagne.

– Dame oui, répondit Tom. Je suis venu chercher un petit garçon qui habitait chez moi. Un réfugié, quoi.

Le vigile eut l'air stupéfait.

– Vous feriez aussi bien de rentrer chez vous. On en a des centaines, de ces mouflets, qui se sont enfuis. On les renvoie, mais ça change rien. Ils s'enfuient de nouveau. Vous êtes bien la première personne que je vois qui soit venue en rechercher un.

Une adolescente jeta un coup d'œil précautionneux par-dessus un des hamacs suspendus au plafond. Le vigile croisa son regard et elle se laissa vivement retomber en arrière.

– Comme celle-là, dit le vigile en désignant un hamac qui oscillait. Quinze fois elle a filé pour revenir ici. Elle dit qu'elle préfère être chez elle sous les bombes plutôt qu'en sécurité mais malheureuse comme une pierre à la campagne.

– Il s'est pas enfui, fit Tom.

– Oh ?

– Non. J'ai reçu une lettre de sa mère disant qu'elle était malade et qu'elle voulait qu'il rentre pendant quelque temps pour l'aider. J'ai pas eu de nouvelles depuis.

– Ça fait combien de temps qu'il est parti ?

– Presque un mois.

– Il est resté longtemps chez vous ?

– Presque six mois.

– Six mois !

Tom hocha la tête.

– Et il ne s'est pas enfui ?

– Non. On était... il était heureux.

Le vigile se frotta le menton et soupira.

– Ecoutez, dit-il, vous pouvez pas faire grand-chose à mon avis. Peut-être qu'une fois de retour chez lui, il vous a oublié.

– Ça se peut. Je veux juste m'assurer qu'il va bien, ce gosse. Après, je me sentirai plus tranquille.

– Bon sang ! J'ai jamais vu quelqu'un qui soit attaché comme ça à un d'entre eux. J'ai entendu tellement d'histoires sur les gens de la campagne, et pas bien plaisantes en plus. Sans vouloir vous vexer, ajouta-t-il, mais je vois que dans le tas, il y en a qui ont du cœur. Par contre il y a des gens, ajouta-t-il en haussant le ton, il y a des gens, comme cette Helen Ford et ses frères, qui sont de véritables ingrats !

Les hamacs se mirent à osciller de plus belle à cette dernière remarque.

– Je peux peut-être vous aider à trouver ce garçon. Comment vous vous appelez ? Monsieur... ?

– Oakley. Tom Oakley.

– Eh bien, monsieur Oakley, vous dites qu'il habite par ici ?

Tom inclina la tête et sortit le bout de papier de sa poche. Le vigile y jeta un bref coup d'œil et le regarda tout étonné.

– Mais... nous y sommes ! C'est dans cette rue, au numéro douze. Je connais. Willie Beech. C'est bien lui ?

Le cœur de Tom bondit dans sa poitrine.

– Vous l'avez vu alors ?

– Pas depuis le mois de septembre de l'année dernière. Avec un groupe d'enfants qui partaient pour la gare. C'est la dernière fois que je l'ai vu. Un garçon timide. Toujours tout seul. Les autres gosses le rudoyaient et le bousculaient continuellement. Un vrai souffre-douleur. Il avait pas l'air bien costaud. Sa mère se croit d'une espèce supérieure. Elle est pas à sa place ici. Elle l'a jamais été, d'ailleurs. C'est le genre confite en dévotion, qui brandit toujours sa bible, vous voyez ce que je veux dire ?

Tom acquiesça.

– N'empêche, mon travail consiste en partie à vérifier qui est là et qui n'y est pas, en cas de bombardement, et d'identifier les gens, mais personne ne m'a prévenu qu'il était revenu.

Il parcourut du regard l'abri bondé et agita la main en direction d'une personne à l'autre bout.

– Glad saura peut-être quelque chose. Glad ! cria-t-il. Glad !

Une grosse femme, qui était en train de jouer aux cartes, leva la tête. Elle sourit, exhibant des gencives nues, découvrant les trois dents qui lui restaient.

– Ouais, mon petit chou, dit-elle avec un cheveu sur la langue. Qu'est-ce qu'y a ?

– C'est pas Mme Beech qui est de garde la nuit, cette semaine ? Elle est pas là.

– Elle y est jamais ! rétorqua Glad. Qu'est-ce que vous lui voulez ?

– Ce monsieur ici cherche le petit Willie.

– Il a fichu le camp, hein ? Je l'aurais jamais cru capable !

– Non. Le monsieur dit que Mme Beech a écrit pour qu'il revienne chez elle.

En apprenant cette nouvelle, Glad enjamba plusieurs personnes endormies et se dirigea vers eux en marchant à pas pesants.

– Qu'est-ce que vous me racontez là ? Elle m'a dit qu'y revenait pas. Elle a dit qu'il se conduisait pas bien et qu'on l'envoyait dans une maison de redressement.

– Ce gosse a toujours été sage avec moi. Je peux le garantir, déclara Tom.

– Qui vous êtes, monsieur ? demanda Glad.

– Tom Oakley.

– Willie a habité chez lui près de six mois.

Glad haussa les épaules.

– Je l'ai pas vu depuis le mois de septembre.

– Et Mme Beech ? demanda Tom.

– Elle fréquente personne, avec ses grands airs. Elle se prend pour une sainte, une sainte-nitouche, oui, si vous voulez bien excuser ma façon de parler. Elle est de garde la nuit, alors je la vois jamais et pourtant j'habite juste à côté de chez elle. Quand même, ajouta-t-elle sur un ton de confidence, j'entends des drôles de bruits. Des bruits bizarres.

– Comment ça ? s'enquit le vigile.

– Des coups, des gémissements.

– Des coups ?

– Ouais, comme si on déplaçait des meubles.

– Et en quoi c'est bizarre ?

– Des coups à trois heures du matin. C'est ça qu'est bizarre.

– Je parie qu'elle époussette sa bible !

Le vigile se tourna vers Tom, l'air découragé.

– Je vois pas ce qu'on pourrait faire d'autre, pas vrai, monsieur Oakley ?

– J'aimerais quand même voir où il habite, répliqua Tom.

– Venez avec moi, mon petit monsieur, dit Glad. Vous l'aimez bien, ce Willie, n'est-ce pas ?

Tom acquiesça.

– C'est bizarre, hein ? Vous êtes bien la première personne que je vois qui a de l'affection pour lui. Même sa mère a pas l'air de l'aimer beaucoup.

– Elle me recevra peut-être, dit Tom.

– Bon sang, j'avais oublié. Elle est partie. Sur la côte. A un congrès religieux ou je ne sais quoi. Elle m'a dit ça la semaine dernière. J'me demande bien pourquoi. D'habitude, elle daigne même pas me regarder.

– Pourquoi j'ai pas été prévenu ? demanda le vigile.

– C'était à elle de le faire, non ?

12 LA QUÊTE

Le vigile laissa échapper un soupir exaspéré.

– Vous voulez quand même aller voir, monsieur Oakley ?

Tom acquiesça d'un signe de tête.

Ils durent attendre encore deux bonnes heures avant de pouvoir partir.

Un épais nuage de fumée rendait l'atmosphère irrespirable. Une volontaire du Service auxiliaire en uniforme vert leur servit du thé et des brioches poisseuses et un dénommé Jack déploya un vieil accordéon et se mit à jouer. Le petit groupe dont faisait partie Glad chantait *Nous allons pendre notre linge sur la ligne* lorsque la fin de l'alerte retentit. Sans même terminer leur chanson, ils sortirent précipitamment.

Tom fut soulagé de se retrouver dehors. Ses vêtements sentaient le tabac froid et la sueur. Il inspira avec délice une grande bouffée d'air nocturne. Glad l'attendait et, avec le vigile, ils accompagnèrent Tom jusqu'à l'appartement de Willie.

– Elle se prend pour une duchesse, cette Mme Beech, zozota Glad. Elle a une pièce en haut, une en bas. Quelquefois, elle loue sa chambre et couche en bas, qu'elle dit en tout cas, conclut-elle, et elle flanqua un coup de coude à Tom tout en lui lançant un clin d'œil.

Ils s'arrêtèrent au numéro douze et jetèrent un coup d'œil par la fenêtre. Un des journaux s'était à demi décollé. La pièce était plongée dans le noir et semblait inhabitée. La fenêtre était encore calfeutrée de papier collant marron pour protéger la pièce d'éventuels débris de verre.

– Plus personne, remarqua le vigile.

L'attention de Tom, entre-temps, avait été attirée par Sammy qui faisait montre d'une grande agitation devant la fenêtre.

– Qu'est-ce qu'il y a, mon garçon ? demanda-t-il. Tu sens quelque chose ?

Il s'accroupit et caressa le chien.

– Qu'est-ce que tu as ?

Sammy se mit à gémir et à gratter frénétiquement à la porte d'entrée. Puis il courut vers Tom, l'agrippa par la jambe de son pantalon et le tira vers la porte.

– Personne là-dedans, mon vieux, dit le vigile.

– Peut-être, dit Tom. Mais c'est pas son genre de faire des histoires pour rien.

Il essaya de tourner le bouton de la porte.

– Vous pouvez pas faire, ça, monsieur. La loi l'interdit.

Un policier dont l'attention avait été attirée par leur manège s'approcha.

– Ce monsieur pense qu'il y a peut-être quelqu'un là-dedans, expliqua le vigile. J'ai regardé par la fenêtre, comme j'ai pu, mais j'ai rien vu.

Le policier abaissa son casque.

– Quelle preuve avez-vous, monsieur ?

Tom indiqua Sammy qui était complètement excité. Il aboyait bruyamment et continuait à gratter fiévreusement la porte d'entrée.

Ils se dévisagèrent en silence.

– Je voudrais bien entrer, dit le vigile, l'air anxieux. Je suis inquiet pour la mère et l'enfant qui vivent ici.

Ils frappèrent bruyamment, mais n'obtinrent aucune réponse. Sammy, bondissant en avant, se jeta contre la porte.

– Il sent quelque chose, il y a pas de doute, dit le policier.

Après force délibérations ils décidèrent de l'enfoncer. A eux trois, Tom, le policier et le vigile, ils réussirent à la seconde tentative à faire éclater le bois autour de la serrure.

La porte s'ouvrit brutalement et une telle puanteur les prit à la gorge qu'ils faillirent renoncer à aller plus avant.

On aurait cru qu'un animal mort pourrissait dans un coin. Sammy courut droit à une porte minuscule sous l'escalier et se mit à aboyer comme un fou en la grattant avec ses griffes. C'était de cet endroit que provenait l'odeur. Le vigile souleva le loquet et ouvrit la porte.

L'odeur était si pestilentielle qu'il détourna vivement la tête, au bord du vomissement. Le policier sortit la torche de sa poche et la braqua sur le trou.

LE MINUSCULE RECOIN EMPESTAIT L'URINE ET LE VOMI. UN PETIT GARÇON, LE VISAGE ÉMACIÉ, LES CHEVEUX EMMÊLÉS, à la peau fine comme du parchemin, était attaché à un tuyau de cuivre. Il tenait un petit paquet dans les bras. Ses membres squelettiques étaient couverts de meurtrissures et de plaies et il était assis dans ses propres excréments. Il se recroquevilla sur lui-même, ébloui par la lumière de la torche et émit des sons rauques, étranglés. Le vigile tendit le bras pour le toucher et il laissa échapper un gémissement terrifié. Un biberon vide était posé contre ses jambes.

– Donne-moi ce bébé, petit, dit le vigile, mais l'enfant se crispa sur son fardeau, les yeux agrandis de terreur.

Sammy se glissa entre les jambes du vigile et s'assit, attendant patiemment un ordre de son maître.

Tom se tourna vers le policier.

– Je vais lui parler, dit-il. Il me connaît.

Le policier inclina la tête et sortit appeler une ambulance et disperser les voisins qui s'étaient maintenant attroupés devant la porte d'entrée.

Tom s'accroupit.

– C'est M. Tom, déclara-t-il avec douceur. Je m'inquiétais pour toi, alors, avec Sam, on est venu à ta recherche.

Willie tourna les yeux dans sa direction.

– Il faut qu'on l'emmène à l'hôpital, dit le vigile.

Willie poussa un cri de détresse.

– T'inquiète pas, petit, le rassura Tom. On va rester avec toi. Maintenant, tiens bien ton paquet et je vais te détacher. Cet homme, c'est le concierge de ton école. Il savait pas que tu étais là et maintenant il va t'aider à en sortir. On laisse allumé pour mieux voir les cordes, d'accord ?

Tom entreprit de le détacher avec d'infinies précautions. Le vigile, constatant que l'enfant semblait plus calme quand le vieil homme était près de lui, se contenta de l'observer.

Tom expliqua à Willie ce qu'il comptait faire ensuite.

Il savait que les membres de William seraient complètement raides et que le moindre mouvement le ferait souffrir le martyre. Il le prit entre ses mains robustes et l'attira doucement à lui, ce qui n'était guère facile, car Willie se cramponnait au paquet qu'il tenait dans ses bras.

Tom avait réussi à le dégager de sous l'escalier quand il entendit l'ambulance arriver et le bruit de portières qu'on ouvrait et qu'on claquait. Le policier vint s'accroupir près de lui et lui tendit une couverture. Tom en enveloppa Willie et le porta jusqu'à l'ambulance.

– C'est mon chien, dit-il avec fermeté à un des ambulanciers qui essayait de chasser Sammy. Et je viens avec le gosse.

Le vigile grimpa à sa suite et s'assit sur la civière vide au fond. Les portes se fermèrent derrière eux et l'ambulance démarra lentement.

– Si jamais je mets la main sur cette bonne femme... gronda le vigile d'une voix furieuse. A faire la fière avec ses airs de sainte-nitouche au-dehors, et chez elle, ça ! dit-il, indiquant Willie, maintenant couché sur une civière, bien au chaud sous le manteau de Tom. Elle doit être cinglée !

Tom l'effleura du regard.

– Vous allez vous mettre à sa recherche, je suppose, dit-il.

– Essayez de m'en empêcher !

Sa fierté avait été mise à rude épreuve. Ce policier devait penser qu'il ne faisait pas bien son travail.

– Je vous remercie, déclara Tom d'une voix contenue.

– De quoi, mon vieux ?

– De m'avoir écouté et d'avoir enfoncé la porte.

– A votre service !

Il baissa les yeux vers le visage de Willie. Une minuscule tache de couleur était apparue sur ses joues blêmes et il commençait à remuer les doigts.

Le vigile fixa le paquet puis leva les yeux vers Tom qui lui répondit par un signe de tête.

– On pourrait peut-être trouver une couverture pour le bébé, non ? demanda-t-il.

Le vigile comprit aussitôt.

– Sûrement, monsieur Oakley, dit-il en dépliant une des couvertures.

– William, chuchota Tom. Will…

Willie ouvrit les yeux et regarda.

– Oui, murmura-t-il.

– Je peux jeter un coup d'œil au bébé ?

Willie acquiesça et desserra un peu les doigts. Tom écarta les plis du tissu.

Le bébé était mort depuis un certain temps, déjà. Il était minuscule et tout grisâtre.

Tom échangea un regard avec le vigile. Tout commentaire était inutile.

– Je viens de chauffer un peu cette couverture pour le petit gars, déclara le vigile.

– C'est une fille, fit Willie d'une voix faible.

– Oh, une fille, hein ? Et comment elle s'appelle ?

– Je l'appelle Trudy.

– Trudy. C'est un joli nom, dit-il, et il se pencha sur lui. Tu sens comme elle est douce, cette couverture, Willie ?

– Je suis pas… il bredouilla… Je suis pas…

– Tu es pas quoi ?

– Je suis pas Willie.

Le vigile eut l'air inquiet.

– Le choc, chuchota-t-il. Il doit délirer.

– Non, expliqua Tom. Mais on l'appelait jamais Willie.

– Oh, fit le vigile, qui ne comprenait toujours pas.

– Will, chuchota Tom.

– Oui.

– Ecoute, Will... reprit le vigile. Si on donnait à la petite Trudy une couverture pour elle toute seule, comme toi ?

Willie acquiesça et relâcha son étreinte.

– Mal... fit-il en essayant de bouger ses bras.

– Prends ton temps, déclara Tom à Will qui sourit en reconnaissant cette formule familière. Et respire bien à fond. Sammy va te réchauffer les bras, pas vrai, mon garçon ?

Sammy, pelotonné contre les jambes de Willie, se redressa, attentif.

Tom déplia lentement les bras raidis de Willie aidé par le vigile, il prit le bébé et l'enveloppa avec précaution dans la couverture.

Sammy fut placé sur les jambes de Willie, qui sursauta malgré lui. Il souffrait de partout. Il ne portait que le gilet de flanelle et la culotte que May, la sœur de miss Thorne, lui avait offerts pour son anniversaire. Ils étaient maintenant noirs de saleté. Ses pieds nus et glacés étaient violacés et les ongles noirs et trop longs de ses orteils se recourbaient comme des griffes. Tom prit ses pieds dans ses mains et les massa pour essayer de les réchauffer.

Les bras engourdis de Willie étaient maintenant refermés sur Sammy. Soudain, le contact de ce corps chaud, à la place du corps gelé qu'il avait tenu jusqu'alors, lui fit comprendre que quelque chose n'allait pas avec le bébé.

Il tourna un regard angoissé vers le vigile.

– Ne t'inquiète pas, petit, dit le vigile. Je la tiens.

– Mal, chuchota Willie. Mes bras. J'ai mal.

– Ils vont te faire mal encore un certain temps, dit Tom. Tu les as gardés dans la même position pendant longtemps. Ils n'ont pas encore repris l'habitude de bouger.

L'ambulance stoppa brusquement et les portières s'ouvrirent à la volée.

Tom prit Willie dans ses bras. Sammy et le vigile le suivirent vers l'entrée de l'hôpital. Ils franchirent deux lourdes portes et arrivèrent dans un vestibule. Une femme portant des lunettes était assise derrière un guichet vitré. Elle leva la tête un instant quand ils s'installèrent sur des chaises.

– Désolée, dit-elle, les chiens ne sont pas admis.

– Y a pas un endroit où je peux le laisser ? demanda Tom.

– Je crains que non. Il faut qu'il s'en aille.

Le vigile se leva et échangea quelques mots avec la réceptionniste.

– Je vois, dit-elle en regardant Tom et Willie. Il y a des grilles le long de l'hôpital. Vous pourriez l'attacher là. Je suis sûre que personne ne lui fera du mal.

– L'attacher ! s'exclama Tom.

– J'ai bien peur que ce soit la seule solution, monsieur Oakley, déclara le vigile.

Une femme de ménage pressée, qui passait à leur hauteur, s'arrêta.

– Soyez pas si tristes, mes petits messieurs, lança-t-elle avec un sourire jovial. C'est pas la fin du monde. Vous serez très bien ici. Soignés comme des princes.

Will et Tom fixaient sur elle des regards vides d'expression. Elle poursuivit son chemin et disparut le long du couloir, en chantant *Souhaite-moi bonne chance en me disant adieu !*

Un jeune homme en blouse blanche sortit précipitamment d'une salle le long du couloir, aussitôt suivi par une infirmière. Ils se dirigèrent vers eux. Le jeune homme jeta un bref coup d'œil au bébé.

– Mort, dit-il d'un ton brusque.

– Mort, gémit Willie.

– Il dort, oui, monsieur, dit le vigile en adressant un clin d'œil appuyé au docteur tout en indiquant Willie.

– Oh, oui, dit le jeune homme.

Il était épuisé et ne s'était pas rendu compte que le petit garçon et le bébé étaient ensemble. Il s'agenouilla à côté de Willie et écarta le manteau et les couvertures. L'infirmière, une jeune femme brune au visage plein de fraîcheur qui ne paraissait pas avoir plus de dix-neuf ans, s'agenouilla à côté de lui. Le docteur marmonna quelques mots où il était question de lacérations et de désinfection. Il leva la tête vers Tom.

– Vous êtes de la famille ?

Tom secoua la tête.

Le vigile parla à sa place. Il savait que le règlement interdisant toute visite à ceux qui n'étaient pas de la famille était strictement appliqué.

– Le gosse a vécu chez lui à la campagne pendant six mois. Il est rentré chez sa mère qui disait qu'elle était malade. Il a pas de papa, voyez-vous, et comme ce monsieur n'avait aucune nouvelle de lui, il est parti à sa recherche. Il a fait des kilomètres pour le retrouver. Sa mère l'a abandonné.

– Eh bien, il t'a trouvé juste à temps, dit l'infirmière en gratifiant Willie d'un grand sourire.

Le docteur se releva.

– Le mieux, c'est de l'emmener au pavillon des enfants et de le nettoyer. On verra un peu plus tard pour des points de suture. Mais il vaut mieux lui faire un sérum antitétanique.

– C'est une piqûre ? demanda Tom avec anxiété.

– Oui. Mais il n'y a pas lieu de s'inquiéter. C'est pour éviter l'infection.

– Le bon air le guérira de tout ça, dit Tom.

– Mademoiselle, dit le docteur à l'infirmière sans prêter attention à Tom, emmenez-le chez les enfants.

Tom se leva, Willie dans les bras.

– Les chiens sont interdits, dit l'infirmière en regardant Sammy qui se tenait, attentif, à côté de Tom.

– Vous inquiétez pas, intervint le vigile. Je vais m'occuper de lui.

– Je vous accompagne, dit Tom à l'infirmière.

– Je crains que ce ne soit interdit, dit-elle.

– Je vais pas laisser le gosse avec des étrangers.

Elle soupira.

– Vous pouvez m'accompagner jusqu'au pavillon, mais pas plus loin. Vous allez m'attirer de graves ennuis, vous savez.

Tom lui lança un bref regard. Voilà que ce petit bout de bonne femme lui disait ce qu'il devait faire !

Willie eut l'air terrifié quand il le déposa dans ses bras.

– Je m'occuperai bien de lui, dit-elle avec douceur. Je vais demander si vous pouvez venir le voir dans la matinée.

– Je reste ici, Will, dit Tom. J'attendrai dans le grand vestibule où on était assis. Je serai pas loin, petit…

Il regarda l'infirmière s'éloigner, portant Willie, et reprit la direction du vestibule.

– J'ai donné tous les détails à la réceptionniste, dit le vigile. Maintenant, il faut que je fasse un rapport pour la police.

– Où est le bébé ? demanda Tom.

– Une des infirmières l'a emmené à la morgue.

Il observa Tom qui semblait hébété.

– Ce qui vous faut, c'est une bonne tasse de thé bien fort. J'ai un copain qui a une petite guérite juste au coin de la rue. Vous venez ?

Tom secoua la tête.

– J'ai promis au petit que je restais ici.

– Dites donc, ma belle, lança le vigile à la réceptionniste à lunettes.

Elle fronça les sourcils, choquée de cette familiarité.

– On va jusque chez Alf. S'il y a du nouveau pour le gosse, dites-leur où trouver M. Oakley.

Il sourit à Tom.

– Allez, venez, dit-il. Tout ira bien. On en a pour quelques minutes.

Ils traversèrent la cour de l'hôpital et franchirent le vaste portail. Devant les grilles au coin de la rue se dressait une cahute aux murs faits de sacs de sable, et un toit de tôle ondulée. Une pancarte portant le mot « vigile » était accrochée juste au-dessus. Un homme entre deux âges, au crâne dégarni, avec une épaisse moustache poivre et sel, était assis à l'intérieur.

– Salut, Sid ! s'exclama-t-il en reconnaissant le vigile de Deptford. Quel bon vent t'amène ? Pas une victime des bombardements, ça c'est sûr.

Et tous deux se mirent à rire.

– Hitler menace toujours de nous liquider, pas vrai, Sid, enchaîna-t-il, mais il arrive pas à nous approcher. Grâce à nos petits gars là-haut qui nous protègent. Il pointa un doigt patriotique vers le toit de la petite guérite.

Tom se souvint de David Hartridge. Etait-ce hier seulement que le télégramme était arrivé ? Il avait l'impression qu'un mois s'était écoulé. David était porté disparu, sans doute mort. Pauvre Annie.

– Entrez donc vous chauffer, dit Alf. Je vais remettre de l'eau sur le feu.

Dans la guérite, un brasero de fortune avait été fabriqué avec un seau percé de trous. Il faisait une chaleur suffocante. Tom s'assit sur un tonneau métallique et Sammy se casa entre ses genoux.

– Vous êtes pas d'ici, vous, commenta Alf.

– Non, dit Tom. Non, je suis pas d'ici.

Et de nouveau, ils racontèrent la découverte de Willie.

– Et maintenant, qu'est-ce que vous allez faire ? demanda Sid.

– Je vais le ramener, répondit Tom. A Little Weirwold.

– Je crois pas que ce soit possible. Faut d'abord qu'ils retrouvent sa mère. Elle ira sans doute en prison.

– Et Will ? demanda Tom.

– On va le mettre à l'orphelinat, j'imagine.

– Je le ramène avec moi, déclara fermement Tom.

Le vigile jeta un coup d'œil à Alf. Eux savaient à quoi s'en tenir. Tom but son thé et retourna à l'hôpital. Il attacha Sammy à la grille, en face d'un petit escalier.

– Je reviens te voir bientôt, mon vieux, dit-il pour le rassurer. Y en a pas pour longtemps.

Le jour se levait quand il retourna s'asseoir dans le vestibule. Trois ambulances étaient arrivées avec des blessés et il avait donné un coup de main aux ambulanciers et aux infirmières. Un abri s'était écroulé sur cinquante personnes, hommes, femmes et enfants.

Tom aida à charger et à décharger les civières.

L'après-midi arriva, et toujours aucune nouvelle de Will, aucune réponse à ses questions. Il continua à attendre patiemment dans le vestibule.

Une infirmière blonde s'approcha enfin de lui.

– Vous êtes monsieur Tom ? demanda-t-elle.

– Oui, dit-il en se levant brusquement. Comment va-t-il ? Je peux le voir ?

– Vous n'êtes pas de la famille, n'est-ce pas ?

– Non, mais presque ; le gosse vivait avec moi. Il a pas de père et sa mère l'a abandonné.

– Un psychiatre est passé le voir, monsieur Tom. Il est attaché à un orphelinat et il est d'accord pour que vous voyiez l'enfant.

– Un psychiatre ? C'est quoi ça ?

– Un homme qui soigne les gens qui ont l'esprit malade.

– Oh oui. J'ai lu quelque chose là-dessus, dit Tom en émettant un grognement. C'est pas son esprit qu'est malade, en tout cas.

– Il a subi un terrible choc psychologique, déclara l'infirmière. Il se met brusquement à hurler sans raison apparente. Nous sommes obligés de lui administrer des calmants.

– Des calmants ?

– Pour le faire dormir.

– Pourquoi ?

– Pour l'empêcher de crier.

– Il a peut-être besoin de crier.

– C'est bien possible, monsieur Tom, mais nous devons songer aux autres enfants.

Tom acquiesça. Plus vite Will pourrait se trouver à la campagne et dans les champs, et mieux cela vaudrait.

– Quand est-ce que je peux le voir ?

– Maintenant. Suivez-moi.

Ils suivirent un labyrinthe de couloirs. Depuis que Tom avait donné un coup de main aux urgences, il commençait à se repérer dans l'hôpital. Deux infirmières lui sourirent et le saluèrent au passage. Elles avaient dû le prendre pour un auxiliaire volontaire.

L'infirmière blonde écarta les portes battantes du service pédiatrique. Tom avança de quelques pas et jeta un coup d'œil autour de lui. Elle lui indiqua un lit sur la gauche, le premier près de la porte. Aisément accessible en cas d'urgence, mais pourquoi était-ce important ? Il n'en avait aucune idée.

Will était redressé sur ses oreillers. Ses cheveux avaient été complètement rasés, découvrant de multiples bosses et entailles sur son crâne chauve. On l'avait lavé des pieds à la tête et il dégageait une forte odeur de désinfectant. Il paraissait minuscule, perdu dans une volumineuse chemise de nuit blanche de l'hôpital.

– Je te reconnaissais pas avec ta boule à zéro, dit Tom.

Will eut un faible sourire, découvrant des dents tachées.

– Comment tu te sens ?

– Tout raide.

Ses lèvres étaient décolorées et craquelées et il avait visiblement du mal à parler.

– Je fais des cauchemars, chuchota-t-il. Et quand je me réveille, ils me piquent avec une aiguille et après, je peux pas bouger, pas parler.

Il retomba, épuisé, sur ses oreillers.

– Combien de temps faut que je reste ici ? demanda-t-il la voix cassée.

– Pas très longtemps, à mon avis. Tu m'as l'air bien rafistolé.

Il tâta les doigts minces de Willie. Ceux-ci étaient glacés. Il souffla dessus, les frotta entre ses mains. Prenant son sac à dos par terre, il le posa sur le lit.

– J'ai une paire de gants toute neuve pour toi, dit-il. Je pensais bien que t'en aurais besoin. Mais faudrait te remplumer un peu, hein, sinon ils vont te glisser des doigts.

– Où est Sammy ?

– Dehors. C'est le règlement. Pas le droit d'entrer. Au cas où il apporterait des microbes, je parie, dit-il, en jetant un regard alentour. Quoique, à mon avis, y a plus de microbes dans cet hôpital que partout ailleurs, conclut-il avec un petit rire amer.

Willie s'appuya péniblement sur un coude.

– Y a ce gars qui est venu me voir.

– Oh, oui. Un docteur, hein ?

– Je sais pas. Il a dit qu'il était dans un foyer où je devais aller et où je guérirais.

Il s'accrocha au bras de Tom.

– Je peux pas rentrer avec vous ?

– Si, bien sûr. Du point de vue de la loi, je sais pas trop, mais on trouvera bien un moyen.

– Monsieur Tom, intervint l'infirmière blonde derrière lui. Il faut vous en aller maintenant.

Will se cramponna à la manche de Tom.

– Partez pas encore ! dit-il d'un ton pressant. Restez un peu.

Tom, assis au bord du lit, se rapprocha de lui.

– Je suis désolée, monsieur Tom, insista l'infirmière d'un ton nerveux. Mais il faut vous en aller.

– Le petit aimerait que je reste un peu plus longtemps, répliqua Tom avec calme.

– Je regrette, le règlement l'interdit.

– Quel règlement ? demanda Tom en se retournant vers elle.

– Je vous en prie, monsieur Tom, soyez raisonnable.

– Qu'est-ce qui se passe, mademoiselle ? lança une voix sonore à l'autre bout de la salle.

– Rien, ma sœur, répondit l'infirmière d'une voix mal assurée.

La sœur, une femme entre deux âges, s'avança d'un pas ferme et pesant dans leur direction.

– La visite est terminée, déclara-t-elle d'un ton péremptoire.

Tom se leva et se pencha sur le lit de Willie.

– Il faut que je m'en aille, je crois bien, mais je serai dans le vestibule et je te verrai demain.

Willie s'accrochait des deux mains à son bras maintenant. Il pouvait à peine articuler.

– Partez pas ! fit-il d'un ton suppliant. Partez pas !

– Je vous en prie, allez-vous-en, intervint la sœur d'un ton sec. Vous ne faites que bouleverser cet enfant.

– Je crois que c'est plutôt vos règlements qui le bouleversent, madame.

Il se tourna vers Will.

– Demain sera vite là, ajouta-t-il d'un ton rassurant.

La sœur avança d'un pas et, d'un geste ferme, détacha les mains de Willie du bras de Tom.

– Partez, monsieur ! Immédiatement !

Tom commença à s'éloigner à contrecœur. Willie se redressa et essaya de sortir du lit.

– Reste là. Allons, sois sage, intervint l'infirmière blonde.

Willie commença à geindre et à émettre des sons incompréhensibles.

– Partez ! cria la sœur. Mademoiselle ! Une piqûre !

Tom, au désespoir, franchit la porte battante et écouta les cris de Willie sans pouvoir rien faire.

Il s'immobilisa un instant et se retourna pour regarder par la fenêtre. Les deux infirmières maintenaient Will à plat ventre. Une troisième arriva et lui fit une piqûre dans la fesse. Quelques secondes plus tard, Will retomba, inerte, sur le lit, et les infirmières le relâchèrent.

– Monsieur Tom, n'est-ce pas ? déclara une voix derrière lui.

Tom sursauta. Il se retourna vivement et vit un homme d'une trentaine d'années, en complet gris. « Il doit marcher sans faire de bruit », songea Tom qui ne l'avait pas entendu approcher. Le crâne de l'homme se dégarnissait et les rares cheveux qui lui restaient étaient extrêmement fins. Son teint blanc et luisant était semblable à celui d'une nonne cloîtrée. Il gratifia Tom d'un sourire suave et lui tendit la main.

– Je suis monsieur Stelton, dit-il à voix basse. Je pense que William vous a parlé de moi.

Tom acquiesça.

L'homme posa sur Tom un regard apparemment détaché puis détourna les yeux pour fixer le mur du couloir. L'un et l'autre demeuraient silencieux, et Tom avait l'impression que ce Stelton n'était pas décidé à rompre le silence en premier. Il laissait ce soin à Tom qui, bien qu'irrité par le procédé, voulait néanmoins savoir ce qui avait été décidé pour Will.

– Oui, répondit-il. Il m'a dit que vous vouliez le mettre dans un foyer…

– Ah, fit M. Stelton d'une voix très calme. Il vous a dit ça.

Et il se remit à fixer le même point sur le mur avec son sourire suave.

– Intéressant, ce mur, hein ? s'enquit Tom.

– Vous vous considérez vous-même comme un mur, n'est-ce pas ? répliqua le docteur en regardant toujours au même endroit.

– Arrêtez de tourner autour du pot et parlez-moi du petit.

Le docteur se retourna et lui jeta un bref regard.

– Bien sûr, dit-il

Ils se dirigèrent vers un groupe de chaises dans un coin.

Tom étudia sa démarche silencieuse. Le Dr Stelton avançait lentement, les pieds légèrement en dedans. Il s'assit à côté de Tom, gardant les genoux serrés et, tout en parlant, il se frottait les mains sur son pantalon.

– Je suis partisan d'une méthode plus moderne, monsieur Tom, commença-t-il. Je n'utilise pas de médicaments.

– Oakley, le reprit Tom. M. Tom, c'est le nom que me donne le petit.

– Ah, fit le docteur qui hocha la tête d'un air entendu. Vous ne souhaitez pas que je vous appelle par le nom que vous donne l'enfant.

– Pour ce qui est des médicaments, interrompit Tom avant que le docteur ne se remette à regarder dans le vide, je m'en sers pas non plus.

– Non, bien sûr, acquiesça le docteur, avec un nouveau sourire suave.

Tom se demanda pourquoi le Dr Stelton parlait d'une voix aussi sourde. Craignait-il de déranger quelqu'un ?

– Je m'occupe d'enfants perturbés, poursuivit le docteur. Et je travaille en liaison avec un foyer où les enfants sont bien soignés et suivis attentivement. Nous estimons...

– Nous ? s'enquit Tom.

– Moi-même et le directeur de l'école.

– Vous avez dit que c'était un foyer.

– C'est également une école. Nous estimons qu'un traitement dans ce foyer lui serait bénéfique.

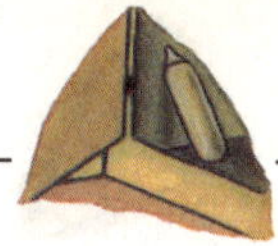

– Quel genre de traitement ?

– Un traitement psychiatrique. Une analyse. Nous voulons l'encourager à parler de ses antécédents et découvrir pourquoi il est ce qu'il est.

– Ça me paraît assez évident, non ? dit Tom. Ce garçon n'a pas été particulièrement entouré d'affection !

– Ah, fit M. Stelton à voix basse.

« Encore un silence ! » songea Tom. L'idée que Will allait devoir se confier à un homme qui semblait ne parler et ne marcher qu'à contrecœur et qui détournait les yeux dès qu'on croisait son regard ne lui plaisait pas du tout. De son point de vue, c'était un moyen infaillible pour faire perdre la raison à l'être le plus sain d'esprit.

– Je voudrais le reprendre, déclara Tom.

– Ah, soupira M. Stelton qui semblait prendre des notes mentalement.

– Et vous pouvez bien dire « Ah ! » jusqu'à la fin des temps... C'est ce que je veux et c'est ce que souhaite aussi le petit.

Cette affirmation fut ponctuée d'un autre silence tandis que M. Stelton se frottait doucement les cuisses.

– Vous n'êtes pas de la famille, commença-t-il doucement.

– Non, répondit Tom, mais...

Il s'interrompit.

– Oui ? fit M. Stelton qui, pour la première fois, eut l'air vaguement intéressé.

– Je suis attaché à ce gosse.

– Vous lui êtes attaché, répéta le docteur qui opina du bonnet et détourna les yeux pour échapper au regard pénétrant de Tom. Vous pourriez me rendre visite, suggéra M. Stelton qui s'était remis à fixer le mur. Ainsi qu'à William, pendant qu'il sera au foyer. Je suis sûr que vous êtes... (Il observa une pause.) que si vous lui êtes sincèrement attaché, vous lui souhaitez certainement le meilleur. Les membres du personnel du foyer sont plus jeunes que vous et très compétents. Nous viendrons le chercher après-demain. Lundi. Si vous voulez nous accompagner, vous êtes le bienvenu. Nous ne fonctionnons pas comme un hôpital. Nous encourageons les visites. A condition qu'elles ne perturbent pas l'enfant, ajouta-t-il en se levant.

Il adressa de nouveau à Tom un sourire dénué de toute expression, lui serra la main et s'éloigna sans bruit le long du couloir.

Tom, découragé, regagna le vestibule.

– Vous pouvez nous donner un coup de main ? demanda une infirmière comme il passait à sa hauteur.

Un homme âgé et corpulent, blessé à la jambe, devait être étendu sur une civière fixée à un brancard. Tom aida à le soulever.

– Vous autres de la Croix-Rouge, vous êtes formidables ! dit l'infirmière qui avait reconnu en lui l'homme qui les avait déjà aidés à l'arrivée des victimes de l'abri effondré. Vous êtes aussi de service cette nuit ?

Tom acquiesça. Pourquoi pas, après tout. Ça l'empêcherait de penser à Will. Il courut vers le bout du couloir où arrivaient de nouveaux blessés et quand un calme relatif régna enfin dans le vestibule, il sortit pour respirer un peu d'air frais et rendre une petite visite à Sammy toujours attaché à la grille. Il le détacha et alla s'asseoir avec lui sur les marches en pierre.

– Qu'est-ce qu'on va faire, mon garçon ? demanda-t-il à Sammy en lui ébouriffant le poitrail. On n'a pas tellement de temps.

Il contemplait la rue au-delà des grilles. La nuit commençait déjà à tomber. Il se frotta le menton, maintenant hérissé de poils gris.

« Oh, Rachel, dit-il à mi-voix. Qu'est-ce que tu ferais ? » Et, dans son imagination, il la vit se tourner vers lui, faisant tournoyer sa jupe longue et le regarder de ses yeux noirs étincelants. « Je l'enlèverais, répondit-elle en riant. »

Tom sursauta. Rachel n'aurait pas dit ça. Mais, à la réflexion, elle en était bien capable. Il se leva lentement.

– Je vais voir comment ça se présente, marmonna-t-il. Peut-être que...

Ses réflexions furent interrompues par l'arrivée de plusieurs ambulances. Il attacha de nouveau Sammy à la grille, courut d'un pas vif le long du bâtiment pour gagner l'entrée principale et entreprit aussitôt d'aider les brancardiers à porter des gens dans l'hôpital.

Trois heures plus tard, il descendait de nouveau un escalier, une couverture sous le bras, lorsqu'il se rendit compte qu'il se trouvait dans le service de pédiatrie. Il jeta un coup d'œil par la petite fenêtre. L'infirmière blonde assurait la garde de nuit. Le buste affaissé sur une table, elle s'était endormie, une petite veilleuse posée à côté d'elle.

Tom jeta un bref coup d'œil dans le couloir. Personne en vue. Avant de se donner le temps de réfléchir, il entra à pas de loup dans la salle et referma sans bruit les portes battantes. Will dormait profondément, assommé par les calmants.

Comme Tom rabattait ses draps, un des plus petits enfants de l'autre côté de la salle se réveilla et se mit à tousser. L'infirmière ouvrit les yeux et releva la tête. Tom remonta précipitamment les draps et s'accroupit. L'infirmière parla avec douceur à l'enfant, lui donna un médicament et le borda. Elle retourna ensuite à sa table. Elle essayait de réviser un cours d'anatomie en vue d'un examen, mais bien vite ses paupières s'alourdirent, et quelques minutes plus tard elle s'était rendormie.

Tom, d'un geste prompt, ouvrit le lit, souleva Will et l'enveloppa dans la couverture qu'il portait. Il glissa un des oreillers au milieu du lit et rabattit le drap tout autour. Pas très convaincant, mais il n'avait pas le temps de faire mieux. Tenant fermement Will dans ses bras, il se redressa. Si l'infirmière se réveillait maintenant, pensa-t-il, c'en était fini. Un des enfants se tourna dans son sommeil et poussa un petit gémissement, mais l'infirmière continua à dormir sans broncher. Tom jeta un coup d'œil par la fenêtre... poussa rapidement la porte et s'avança dans le couloir d'un pas ferme. Il savait qu'une allure furtive le trahirait. Il croisa l'infirmière qui avait bavardé avec lui au chevet du vieil homme. Elle lui sourit.

– Vous n'arrêtez pas, hein ? fit-elle.

Il acquiesça et se dirigea vers le vestibule où il avait laissé son sac à dos. Deux ambulances arrivèrent et, dans la confusion qui s'ensuivit, il reprit son sac et se dirigea à grands pas vers les portes battantes. Il jeta un bref coup d'œil à la réceptionniste. A son grand soulagement, une autre était de service. Dès qu'il fut dehors et que les conducteurs eurent tourné le dos, il traversa en courant la cour plongée dans l'obscurité, tourna le coin et arriva à l'endroit où il avait laissé Sammy.

Sammy, tout excité, se mit à bondir et à aboyer.

– Non ! chuchota Tom en lui posant un doigt ferme sur la truffe. Couché, mon garçon ! Chut !

Il étendit Will sur la dernière marche et ouvrit fébrilement le sac à dos. Il lui enfila rapidement des sous-vêtements chauds et des chaussettes.

– Monte la garde, Sammy, chuchota-t-il.

Il le détacha et glissa la laisse dans sa poche. Il revêtit ensuite Will d'une culotte rapiécée en velours côtelé marron, d'une chemise de flanelle grise, d'un pull-over bleu à col roulé et d'un passe-montagne vert qui couvrirait au moins son crâne nu. Malheureusement, il n'avait ni bottines ni manteau.

Il cacha la couverture dans un coin sombre et enveloppa Will dans son propre manteau. Ayant accroché son sac à dos à ses épaules, il le prit dans ses bras et se dirigea vers la cour extérieure, Sammy sur ses talons. « Surtout, garder l'air assuré », songea-t-il en traversant à grands pas. D'un instant à l'autre, on pouvait découvrir la disparition de Will. Il franchit le portail, avança dans la rue. Soudain, une voix l'apostropha.

– Hé, m'sieur !

Il se retourna. C'était Alf. Il avait oublié le poste de garde. Bon sang !

– Vous avez le petit, alors ?

Il acquiesça.

– Bravo. Vous le ramenez à la campagne ?

Tom acquiesça de nouveau, salua Alf de la main et continua son chemin, avec une envie désespérée de courir ou de regarder derrière lui, mais il n'osait faire ni l'un ni l'autre.

Après avoir changé plusieurs fois d'autobus, ils arrivèrent tous les trois à la gare et passèrent le reste de la nuit dans un abri, à proximité. Il n'y avait pas de train en partance pour Little Weirwold le lendemain matin, mais un autre train pouvait les amener à Skyron, un village situé aux deux tiers du trajet. Tom se hâta d'acheter des billets, attacha la laisse autour du cou de Sam et se dirigea vers le quai. Ses billets furent poinçonnés par le même employé qu'à son arrivée.

– Vous avez récupéré votre petit-fils, alors ? remarqua-t-il d'un ton jovial. Qu'est-ce qu'il roupille, hein ? Vous le gâtez à le porter comme ça. A votre place, je le réveillerais et je le ferais marcher, ce petit flemmard.

– Il est malade, dit Tom.

– Oh, fit le poinçonneur, saisi. C'est pas contagieux, j'espère.

– Non.

Il rendit les billets à Tom qui se mit a courir le long du quai. Le train partait dans quelques minutes.

– Le chien devrait porter une muselière, cria le poinçonneur.

Ils montèrent dans le train et s'assirent dans un compartiment vide, près de la fenêtre. D'ici très peu de temps, songea Tom, ils auraient quitté Londres. Un coup frappé à la vitre interrompit ses réflexions. Levant la tête, il aperçut un policier qui le regardait à travers la fenêtre et montrait Will du doigt. Tom lui couvrit rapidement les pieds avec son manteau.

– L'alerte l'a réveillé, hein ?

Tom inclina la tête.

– Bon voyage !

– Merci.

Le train démarra enfin. Une vieille femme vint les rejoindre dans le compartiment. Elle fit du crochet durant pratiquement tout le voyage et ne cessa de bavarder du temps, des restrictions, du beurre qui lui manquait tellement. Elle descendit à mi-parcours et ils eurent le compartiment pour eux seuls pendant tout le reste du trajet.

Skyron était un gros bourg à peu près de l'importance de Weirwold. Tom le traversa et s'engagea sur la route où il entreprit de faire du stop. Ils furent pris par trois véhicules successifs. Tout d'abord un camion de l'armée, puis la vieille Morris poussive d'un vétérinaire et enfin une caravane. Tom fit à pied les cinq derniers kilomètres qui le séparaient de Weirwold. C'était une belle journée, fraîche et ensoleillée, et le ciel était dégagé. Dès qu'il vit la rivière, il se sentit envahi d'une joie débordante. Tout était si pur, si différent de Londres. L'eau étincelait sous le soleil éclatant.

Il s'immobilisa en haut d'une colline et s'arrêta pour regarder les champs qui s'étendaient en contrebas. Il comprenait maintenant l'émerveillement de Will devant de si vastes espaces, après le décor dans lequel il avait vécu à Deptford. Il baissa les yeux vers Sammy qui commençait à boitiller. Sa petite langue pendait comme un morceau de vieux cuir.

– Il n'y en a plus pour longtemps, Sammy, dit-il pour l'encourager.

Lorsqu'ils atteignirent enfin Weirwold, il portait à la fois Will et Sam. La nuit tombait. A pas pesants, il marcha le long des vieilles rues pavées, traversa la place, passa devant les boutiques pour se diriger vers la forge.

Il frappa un coup à la porte. Une fenêtre s'ouvrit au premier étage.

– Monsieur Oakley ! s'écria le forgeron, un homme brun et robuste. Vous v'là revenu de Londres !

Mme Stoker, son épouse, apparut à son côté.

– Vous êtes vraiment allé à Londres ? demanda-t-elle médusée.

Il acquiesça.

– Vous avez l'air fourbu, ajouta-t-elle et elle disparut pour réapparaître à la porte d'entrée. Vous devez mourir de faim. Je vais vous faire du thé.

– Vous êtes bien aimable, madame Stoker, mais je veux me mettre en route pour Little Weirwold le plus vite possible.

– Mettez le petit près du feu, dit-elle.

Tom posa Will dans un fauteuil près du foyer. M. Stoker rapprocha le fauteuil du feu et écarta le manteau pour que les flammes lui réchauffent les jambes. Il laissa alors échapper une exclamation. Mme Stoker se retourna pour regarder Will.

– Oh, mon Dieu ! fit-elle. Il est dans un triste état. Heureusement que vous êtes allé le chercher, monsieur Oakley.

La nouvelle de son voyage à Londres s'était maintenant répandue.

– Gardez tout ça pour vous, hein ? leur recommanda Tom.

Les Stoker décidèrent de ne plus poser de questions.

Quand on ne sait rien, on ne peut rien raconter, après tout.

Après que Tom se fut reposé et qu'il eut bu son thé, Mme Stoker lui prêta des couvertures pour Will et lui donna un sac rempli de sandwiches.

Il faisait nuit quand Dobbs fut enfin harnachée pour le voyage. Tom installa Will et Sammy sous des couvertures à l'arrière de la carriole et monta sur la banquette pour prendre les rênes.

– Allez, ma belle ! cria-t-il joyeusement quand Dobbs se mit à trotter. Ramène-nous à la maison !

Will se réveilla pour entendre Tom chanter. Ouvrant les yeux, il découvrit au-dessus de lui le ciel constellé d'étoiles. Sammy, hébété de fatigue, était affalé à ses pieds. Il repoussa les couvertures et leva les yeux vers l'endroit où Tom était assis. Il se débattit alors pour s'agenouiller, mais il était encore trop faible et retomba sur sa pile de couvertures.

– Monsieur Tom, appela-t-il. Monsieur Tom.

Tom arrêta la carriole et se retourna.

– Ah, te voilà réveillé, hein ?

Will cligna des yeux jusqu'à ce que la silhouette de Tom se précisât.

– Tu rêves pas. Recouche-toi, petit. On est bientôt arrivé à la maison.

– Mais... bégaya Will. Comment je suis arrivé ici ?

Tom secoua les rênes et Dobbs se remit en route.

– Je t'ai kidnappé, dit-il par-dessus son épaule et, prenant conscience soudain de l'énormité de ce qu'il avait fait, il éclata de rire. Oui, voilà ce que j'ai fait, petit. Je t'ai kidnappé !

Will se recoucha et s'endormit. Quand il s'éveilla de nouveau, il franchissait, dans les bras de Tom, la porte d'entrée des Little pour arriver dans leur salon, avec ses longues étagères garnies de livres et ses fauteuils accueillants. Tom le déposa sur le divan près du feu et Mme Little appela son mari. Le docteur se pencha sur Will et, avec d'infinies précautions, lui enleva son passe-montagne avant de l'examiner.

– Tu m'as l'air pas trop mal rafistolé, Will.

Mme Little lui apporta du lait chaud et des toasts, mais il sombra de nouveau dans un profond sommeil sans même avoir eu le temps d'y toucher.

Les Little écoutèrent Tom leur raconter toute l'histoire.

– Je sais que j'ai mal fait, dit Tom, mais je ne pouvais pas le laisser partir dans un foyer.

– L'air de la campagne, commenta Mme Little. Un cadre familier. Des gens qui l'aiment. C'est ce qu'il y a de mieux pour lui.

– Ils vont retrouver sa trace tôt ou tard.

– Ridicule ! s'exclama Mme Little de sa voix rauque. Ils sont bien trop occupés pour se mettre à rechercher les réfugiés. Ils ne savaient même pas qu'il était retourné à Londres.

Le docteur Little se tourna vers Tom.

– Les plaies cicatriseront. Elles se sont déjà cicatrisées avant. Ce sont les blessures secrètes qui prendront le plus de temps à guérir.

– Je le sais, dit Tom. Je serai là pour le soutenir chaque fois qu'il aura besoin de moi.

– Moi aussi ! s'écria une voix derrière eux.

Ils se retournèrent. Zach se tenait sur le pas de la porte, en pyjama. Il courut vers le divan et regarda le corps inerte de Will.

– Je savais que vous alliez le ramener ! dit-il avec passion, les yeux pleins de larmes.

– Vous avez l'air fatigué, Tom, dit Mme Little. Asseyez-vous.

Tom la remercia et se laissa tomber avec soulagement dans un fauteuil.

Zach continuait à observer Will sans mot dire.

– Monsieur Tom, s'exclama-t-il soudain. Si vous avez besoin de quoi que ce soit...

Mais il était inutile de poursuivre, Tom s'était endormi.

WILL SENTIT QU'ON LE SECOUAIT VIOLEMMENT POUR LUI FAIRE REPRENDRE CONSCIENCE. IL OUVRIT LES YEUX ET SCRUTA la pièce encore plongée dans l'obscurité. Il ne voyait personne et ne distinguait pas même une fenêtre. Il se redressa sur les coudes et plissa les yeux, cherchant à reconnaître un objet familier. Comme il fixait un des murs, celui-ci bascula. Il tourna la tête à la recherche d'une porte par où il pourrait s'échapper, mais il se trouva face à un autre pan de mur, qui s'avançait dans sa direction. Il jeta un rapide coup d'œil en arrière. Un troisième mur le menaçait. Et, comme il se rapprochait, une secousse ébranla le plafond qui se mit à descendre. Will bondit du lit et se jeta contre une cloison, essayant désespérément de trouver une issue. Lorsqu'il eut tâtonné tout autour de la pièce, il comprit avec horreur qu'il n'y avait pas de porte. Il était pris au piège. Il se colla contre une des parois pour l'empêcher de se rapprocher encore, mais celle-ci avançait inéluctablement. Terrifié, il poussa un cri et se vit aussitôt entouré par quatre hautes silhouettes vêtues de blanc.

– Si tu cries, déclara l'une d'entre elles, nous t'endormirons pour toujours.

– Non ! hurla-t-il. Non ! Non ! Non !

Il commençait à étouffer dans cette tombe obscure et sans air et il hurla de nouveau.

– Nous t'avons prévenu, reprit une des quatre silhouettes. Nous t'avons prévenu.

Paralysé, il la regarda brandir une longue aiguille hypodermique.

– Tourne-toi, dirent-elles. Tourne-toi, tourne-toi, tourne-toi.

Il se plaqua contre un des murs. Deux bras jaillirent à travers la cloison et l'immobilisèrent par-derrière. Impuissant, il regarda la pointe d'acier glacée de l'aiguille se rapprocher de lui. Il se débattit pour se libérer, mais une multitude de mains le maintenaient fermement.

– Non ! Non ! cria-t-il. Je vous en supplie ! Lâchez-moi ! Lâchez-moi !

Quand l'aiguille pénétra dans sa fesse droite, il se réveilla en sursaut, terrifié. Il était dans son lit, dans la chambre du grenier. Son pyjama et ses draps collaient à son corps trempé de sueur et les couvertures étaient tombées à terre. Les rideaux noirs étaient accrochés et une veilleuse allumée était posée sur sa table de chevet. Il entendit des pas gravir l'escalier. C'était Tom, qui se hissa par la trappe et vint s'asseoir au bord de son lit.

Will se cramponna éperdument à lui. Tom referma ses bras sur son corps en sueur et le tint fermement contre sa poitrine.

– Respire à fond, petit, murmura-t-il. Retiens pas ton souffle.

– Ils ont dit qu'ils allaient m'endormir si je criais, haleta Will.

– Qui ça ?

– Les géants, dans mon rêve. J'avais tellement peur que je ne pouvais pas m'empêcher de crier. Il le fallait.

– Tu peux crier autant que tu veux. Personne t'entendra, à part moi, peut-être, et Sammy. Ça arrivera peut-être jusqu'au presbytère, mais pour ça, faudrait que tu en mettes un sacré coup. Vas-y. Crie donc tout ton saoul. Secoue-les donc un bon coup, tous ces vieux os, dans le jardin !

Will eut un faible sourire.

– Maintenant, on va te sécher et te réchauffer.

Il le descendit par l'échelle jusqu'au salon. Devant la cuisinière, plusieurs draps étaient disposés sur un séchoir à linge. Tom déshabilla Will et, après l'avoir épongé et séché, il lui enfila un pyjama sec et l'enveloppa dans une couverture. Il le laissa ensuite en compagnie de Sammy, pelotonné dans un grand fauteuil.

Pendant que Tom refaisait le lit, Will s'était endormi.

Sa petite tête couverte d'un fin duvet pendait par-dessus un des accoudoirs. Tom le prit dans ses bras et le porta dans son lit. C'était la cinquième fois qu'il changeait les draps et apaisait Will après un terrifiant cauchemar. Will vit avec soulagement la lumière du jour filtrer dans sa chambre. Il redoutait ses terreurs nocturnes.

Zach passait régulièrement au cottage mais, la plupart du temps, Will dormait et Tom ne voulait pas le déranger. Jour après jour, une immense fatigue l'accablait, qui lui ôtait toute énergie. Manger lui demandait des efforts surhumains et même les gestes les plus simples, comme se brosser les dents ou tenir un livre, l'épuisaient et il finissait par sombrer dans un profond sommeil.

Une nuit, il fut pris d'une telle fièvre que Tom s'assit près de son lit pour le veiller. Il avait laissé Sammy en bas, au salon, refermant la porte derrière lui.

Will gémissait et appelait, repoussait les couvertures pour dégager ses jambes. Le dos arqué, il grinçait des dents comme un bébé en proie à une violente colère et il agitait les bras et les jambes comme s'il se débattait contre une force supérieure. Il était trempé de sueur. Tom ne pouvait rien faire d'autre pour l'aider que de rester à son chevet, attendant que la crise passe. Il le serrait dans ses bras quand il s'éveillait et l'encourageait à parler le plus possible de ses cauchemars.

A quatre heures du matin, Will avait trempé tous les draps du cottage et en était maintenant réduit à porter de nouveau une chemise de Tom. Il était de plus en plus brûlant et, à un moment, Tom fut tenté de courir chercher le docteur. Puis il renonça. Il n'osait pas laisser Will, de peur qu'il ne se réveille d'un de ces cauchemars en son absence.

Ce fut au cours d'un de ces mauvais rêves particulièrement agité que Will se renversa soudain sur le lit. Bras et jambes écartés, comme pour se plaquer contre un mur, la tête rejetée en arrière, il poussa le hurlement le plus sauvage et le plus terrifiant que Tom eût jamais entendu et qui le secoua jusqu'au plus profond de ses entrailles. Il ne se rappelait pas combien de temps ce cri s'était prolongé. On eût dit le cri d'un bébé hurlant sa détresse, un cri depuis longtemps oublié et sans doute refoulé depuis des années.

En l'écoutant, Tom se retrouva transporté au jour où Rachel avait donné naissance à leur fils. Il était alors un jeune homme de vingt ans, profondément épris de son épouse. Il se rappelait la façon dont il avait fait les cent pas dans le salon en écoutant ses gémissements, suivis d'un brusque silence. Il s'était retourné pour trouver la sage-femme sur le pas de la porte, secouant tristement la tête. Il se rappelait qu'il avait traversé le vestibule en courant pour se précipiter dans leur chambre où il avait saisi la main de Rachel. Elle lui avait souri si tendrement. Il avait essayé d'ignorer son air épuisé et avait baissé les yeux vers le minuscule bébé rougeaud couché à côté d'elle.

– Il est tellement beau, avait-elle chuchoté et il avait acquiescé, au désespoir, observant leurs deux visages empourprés par la scarlatine.

– Il faudra que tu prennes du bleu, lui avait-elle chuchoté car, durant sa grossesse, il lui avait apporté chaque mois un nouveau pot de peinture. Le neuvième devait être bleu si elle donnait naissance à un garçon, jaune si elle avait une fille.

Après leur mort, il avait acheté le pot de peinture bleue et l'avait rangé dans le coffret en bois noir qu'il avait fabriqué pour elle à Noël, lorsqu'il avait dix-huit ans. En refermant le couvercle, il avait effacé de sa mémoire tout souvenir de Rachel et renoncé à la compagnie de tous ceux qui pourraient la lui rappeler.

Il baissa les yeux vers Will qui s'était tu brusquement. L'enfant sursauta et ouvrit les yeux. Ses lèvres étaient violacées. Tom le souleva pour l'asseoir et lui tapota doucement le dos comme s'il avait été un bébé essayant de faire son rot.

– Respire bien, petit. Respire…

Will expira et, comme il inspirait une bouffée d'air frais, il fut soudain pris de vomissements.

Ce fut après cet incident qu'il commença à mieux dormir. Il avait atteint le point culminant de ses cauchemars qui cessèrent alors de le hanter.

Quelques jours plus tard, il se réveilla un matin se sentant presque d'aplomb. Une odeur d'œufs au bacon montait par les interstices du plancher et, bien que les rideaux noirs fussent encore accrochés et sa veilleuse allumée, il entendait le chant des oiseaux et le ronronnement familier d'un tracteur au loin.

– Monsieur Tom ! cria-t-il. Monsieur Tom !

En quelques secondes, Tom apparut à la trappe et Sammy traversa la chambre en courant pour sauter sur son lit.

– T'as bonne mine, remarqua Tom. Tu as même les joues roses.

Il alla décrocher les rideaux noirs et le soleil entra à flots dans la pièce. Tom poussa la tabatière, puis éteignit la veilleuse.

Will sortit les jambes du lit et se leva mais, encore vacillant, il dut se rasseoir.

– C'est qu'elles t'ont pas tellement servi, commenta Tom en remarquant l'air anxieux de Will. Elles vont reprendre des forces. Rappelle-toi…

– Chaque chose en son temps, acheva Will, et il se mit à rire.

C'était bon de voir Will sourire de nouveau. Tom, du coup, se sentit plein d'entrain, rajeuni.

– Petit déjeuner au lit, monsieur? demanda-t-il joyeusement. T'as faim, je parie.

Will acquiesça, un grand sourire aux lèvres.

Tom le cala contre ses oreillers et le laissa là, heureux, un livre entre les mains. Sammy se pelotonna contre lui comme avant.

En bas, Tom avait entrepris de préparer un petit déjeuner royal.

Il cassa les œufs dans la poêle et se mit à chanter. Lui aussi éprouvait un sentiment de délivrance.

Il entendit soudain taper à la fenêtre. C'était Zach, dont le nez était collé à la vitre.

– Entre, lui dit-il.

– Dites donc, s'exclama Zach en entrant en courant, le souffle court. Il va mieux, alors ?

– Oui, répondit Tom. Tu pourras le voir quand il aura pris son petit déjeuner.

– Oh, non! Je ne peux pas attendre aussi longtemps. Ça va lui prendre des heures pour manger tout ça, dit-il en indiquant les toasts, les champignons, les œufs et le bacon. Vous savez bien comment il est. Il mâche sa nourriture.

– Comme tout le monde, non ? répliqua Tom, surpris.

– Oh non. Moi, j'avale tout rond, mais lui, il mâche, il mâche. Je ne pourrais pas m'installer discrètement sur une chaise pendant qu'il dévore tout ça ?

– Discrètement, toi ? commenta Tom, ironique. Attends un peu. Tu as déjà beaucoup attendu. Quelques minutes de plus ne changeront pas grand-chose.

– C'est ce qu'on dit dans les romans, gémit Zach. Quelques minutes peuvent durer toute une éternité...

Mais Tom, déjà engagé sur l'échelle, ne l'entendit pas.

Zach enfouit les mains dans les poches de sa culotte en velours côtelé rouge et se mit à contempler le cimetière. Cette journée printanière était glorieuse. Il avait échangé ses bottes et ses chaussettes contre ses sandales tout éculées après leur hiver passé au placard. Le seul autre vêtement qu'il portait était une chemise d'homme sans col, en coton blanc dont il avait roulé les manches. Elle se gonflait en plis volumineux entre ses bretelles.

C'était la première semaine de mai. Les vacances de printemps étaient terminées et le troisième trimestre avait déjà commencé. Maintenant que Mme Hartridge avait eu son bébé et n'enseignait plus, Mme Black devait se partager entre les deux classes.

– Tu veux du thé ? demanda Tom quand il redescendit.

– Oui, s'il vous plaît... Alors, comment ça va ? ajouta-t-il d'un ton pressant.

– Il a faim.

Zach but une bonne gorgée de thé et poussa un cri en se brûlant les lèvres.

– Je sais, inutile de me le dire, déclara Zach en remarquant l'expression de Tom. « Regarde avant de sauter. »

Il souffla sur son thé avant d'en boire plusieurs gorgées rapides.

– Il sait que je suis là ?

– Non. Je voulais qu'il prenne son petit déjeuner tranquille.

– Oh, monsieur Tom ! s'écria Zach, consterné, en posant sa tasse sur la table d'un geste emphatique.

– Te vexe pas, ajouta Tom. Je sais simplement à quel point il peut se surexciter.

Après ce qui parut des heures à Zach, Will appela de l'étage. Zach suivit Tom dans le vestibule.

– Attends, chuchota Tom.

– Je vois. On va lui faire la surprise. Ça, c'est une idée de génie...

Mais Tom disparaissait déjà par la trappe. Il réapparut peu après.

– Ça va, dit-il. Tu peux monter maintenant.

Zach attendit avec impatience qu'il eût atteint le bas de l'échelle puis il s'élança à son tour vers la trappe, manquant parfois les barreaux dans sa hâte de gravir l'échelle.

Tom s'attarda dans le couloir pour écouter leurs cris de joie. Il leva les yeux vers un ciel imaginaire.

– Ah, ces deux-là... soupira-t-il.

Zach, sautant au pied du lit de Will, se cogna la tête contre une poutre. Une bosse rose apparut aussitôt sur son front.

Sammy se dégagea des couvertures pour aller le renifler et le pousser avec son museau.

– Ce que tu es maigre ! s'exclama Zach. Enfin, quand même, tu as meilleure mine.

– J'ai les jambes en coton.

– Comme c'est romantique d'être cloué au lit par la fièvre. Comme Keats, ou Elisabeth Browning ou les sœurs Brontë.

– Romantique ?

– Oui. Je me demande si tu seras comme la cousine d'Heidi, tu sais, celle qui était en fauteuil roulant et qu'on a dû pousser en bas de la montagne, et alors elle s'est mise à marcher.

– Un fauteuil roulant ! s'écria Will, inquiet. J'en suis pas à ce point.

– Dommage !

Ils se regardèrent, un large sourire aux lèvres. Les cheveux qui hérissaient la tête de Will avaient commencé à repousser en un duvet blond et soyeux.

– Je parie que tu meurs d'envie d'apprendre toutes les nouvelles, déclara Zach en croisant les jambes et en s'installant confortablement.

– De toute façon, tu vas me les dire, remarqua Will.

– Dis donc, tu as perdu ton accent londonien. Tu es devenu un vrai campagnard.

– Ah bon ?

– Miss Thorne va grimper aux murs quand elle va t'entendre. Elle donne maintenant des leçons de diction au groupe théâtral.

Will, tout excité, se redressa sur les coudes.

– Elle monte toujours des pièces, alors ?

– Tu penses ! Et elle attend avec impatience que tu sois guéri. Tu es un de ses acteurs prodiges. Je suis fou de jalousie, bien entendu, ajouta-t-il en se collant une main sur la poitrine et en levant les yeux au ciel.

– Comment c'était ? *Crapaud du manoir Crapaud* ?

– Oh, très drôle. J'ai été merveilleux, tu penses. Tu nous as terriblement manqué, et Carrie aussi. Elle continue à travailler comme une folle pour ce fichu examen. Elle apprend même le latin et un peu de grec avec M. Peters. Je suis sûr qu'elle n'en a pas besoin. Les gens par ici la trouvent déjà bizarre… Oh, à propos, ajouta-t-il après un court silence, Mme Hartridge a eu un bébé, une petite fille.

– Un bébé, répéta Will soudain tout pâle.

– Dis donc, ça va pas ?

– Si, répondit Will à mi-voix.

– On dirait pas. Tu veux que j'appelle M. Tom ?

– Non. Ça va très bien.

– Si tu le dis. Le bébé s'appelle Peggy. Oh, mon Dieu, soupira-t-il. Je ne t'ai pas beaucoup remonté le moral. Tu as l'air de plus en plus malheureux depuis que je suis arrivé.

Will eut un sourire.

– Oh, j'oubliais ! s'exclama soudain Zach. Lucy s'est beaucoup ennuyée de toi. Mme Padfield m'a dit qu'elle ne mangeait plus rien depuis des semaines. Elle n'est plus ronde comme une pomme, enfin, d'allure... Mais ses joues sont toujours aussi rebondies.

Will fronça les sourcils.

– Tu ne l'aimes pas beaucoup, n'est-ce pas ?

– C'est pas ça, répliqua Will, gêné. C'est simplement que... que... c'est une fille.

– Les jumelles aussi.

– Elles sont différentes. Elles font pas...

– Elles font pas les yeux doux.

– C'est ça. Les yeux doux, et il ne put s'empêcher de rire de son propre embarras.

– Et, attends, reprit Zach, la mémoire lui revenant, tante Nancy et oncle Oz ont ressorti une des vieilles bicyclettes de leurs enfants ; je l'ai nettoyée et dérouillée et j'ai fait différents petits travaux pour gagner de quoi acheter deux chambres à air neuves. Les vieilles sont comme des passoires.

Il se pencha en arrière et plissa le front, faisant un effort de réflexion.

– Ah oui, ajouta-t-il. On parle de former une garde territoriale, du même genre que le corps des volontaires de la défense, mais en plus officiel, je crois et, oh oui ! il y a deux filles de l'armée de terre à Hillbrook Farm et il paraît qu'on va transformer le domaine de La Grange en hôpital.

– En hôpital ? répéta Will, alarmé.

– Enfin, en maternité, dit Zach, sentant qu'il avait commis un impair.

– C'est quoi, ça ?

– Un endroit où les femmes qui ne peuvent pas rester chez elles ont leur bébé.

– Leur bébé, répéta Will, d'une voix angoissée.

– Oui, dit Zach, déconcerté par sa réaction.

– C'est pas Jésus qui les apporte ?

– Non, bien sûr. Oh, ajouta-t-il, tu ne sais vraiment rien.

– Sur quoi ?

– Sur le sexe.

Will devint cramoisi.

– Je sais que c'est quelque chose de sale et qu'on va en enfer pour ça.

– Ridicule ! s'exclama Zach. Sans le sexe, on ne serait pas ici. C'est ce qui se passe entre un homme et une femme quand ils s'aiment.

– Quoi, s'embrasser, se toucher ? demanda Will, se sentant un peu enfiévré.

– Eh bien, c 'est un bon début.

– Mais s'embrasser, c'est un péché, non ?

– Non. C'est ce qu'on fait quand on aime quelqu'un. Ecoute, la femme a une petite graine en elle et l'homme en a une lui aussi et quand ils s'aiment, ils vont l'un vers l'autre, et l'homme donne sa graine à la femme. Si la graine s'unit à celle de la femme, cela forme un œuf et l'œuf grandit pour devenir un bébé dans le ventre de la femme et quand celui-ci est prêt à naître, il sort du ventre de sa mère.

– Tu es sûr ?

– Oui. Mes parents me l'ont dit et ils ne mentent pas.

– Tes parents te l'ont dit !

– Oui. Ecoute, pose-moi toutes les questions que tu veux. Je te dirai tout ce que je sais.

– Merci.

– Et ça n'a rien de sale, poursuivit Zach. A moins de le rendre sale.

– Une dame peut pas avoir un bébé toute seule ?

– Non. Il faut qu'un homme lui donne sa graine.

Il se leva brusquement

– Je vais chercher M. Tom. Tu as une mine épouvantable.

Tom, à ce moment-là, passa la tête par la trappe.

– Tu voulais m'appeler, hein ? dit-il en jetant un coup d'œil à Will. Tu ferais bien de rentrer, maintenant, Zach. Tu y es allé un peu fort.

– Oui, c'est ce que je pensais. Je peux revenir demain ?

– Oh oui, je t'en prie, reviens ! s'écria Will d'un ton pressant.

Tom s'assit au pied du lit et attendit que le bruit des pas de Zach se fût éteint.

– Alors, voyons, qu'est-ce qu'il y a ?

Will eut l'air saisi.

– Tu ferais mieux de me le dire.

– C'est au sujet de Trudy.

– Je crois que tu sais déjà, déclara Tom d'une voix contenue.

– Elle est morte, hein ?

Tom acquiesça.

– C'est de ma faute, s'exclama Will d'une voix étranglée. De ma faute. Je l'ai tuée. Je l'ai fait mourir.

– Comment ça ?

– Elle pleurait, elle arrêtait pas de pleurer, et je la berçais. Je la tenais serrée contre moi. Je lui donnais le lait du biberon et puis alors il y en avait plus.

– Pas de ta faute, s'il ne restait pas de lait.

– Mais j'aurais dû aller en chercher. J'ai attendu. J'aurais pas dû attendre. Je pensais que maman allait revenir d'une minute à l'autre, mais...

– Mais elle n'est jamais revenue, c'est ça que tu veux dire ?

Will inclina la tête.

– Un bébé a besoin de lait. Tu pouvais pas lui en donner. Tu étais attaché.

– Zach dit... commença-t-il en rougissant. Il dit qu'une femme ne peut pas avoir un bébé s'il n'y a pas un homme. C'est vrai ?

– Oui.

– Alors ma maman, elle a dû rencontrer un homme.

– Oui.

– Elle a menti. Pourquoi elle a menti ? Elle disait que les hommes et les femmes qui vont ensemble, c'est un péché.

– Je crois que ta maman est une personne très malade.

– Elle devait avoir Trudy qui grossissait dans son ventre. C'est peut-être pour ça qu'elle disait qu'elle était malade.

– Il y a des gens qui ont une autre forme de maladie, une sorte de maladie de l'esprit, ils ont l'esprit trop tourmenté. Je suppose que ta mère est un peu comme ça.

– Monsieur Tom, je veux rester ici. Je veux pas retourner avec elle, même si elle dit qu'elle est malade.

– Tu ne retourneras pas avec elle. Les autorités ne le permettraient pas.

– Mais alors, pourquoi vous m'avez kidnappé ?

– Ils voulaient te mettre dans un foyer. Moi, je tenais à ce que tu reviennes ici.

– Pourquoi ?

– Pourquoi ? Eh bien... commença-t-il un peu gêné en soufflant un nuage de fumée de sa pipe, parce que je t'aime bien, petit. Voilà pourquoi. Tu me manquais, dit-il en se levant. Maintenant, faut que j'aille sortir tous les papiers que j'ai mis de côté pour tes dessins. Après, tu pourras descendre et gribouiller tant que tu veux.

Will le regarda disparaître lentement le long de l'échelle.

– Monsieur Tom ! appela-t-il.

Tom passa de nouveau la tête par la trappe.

– Oui, petit.

– Je vous aime, dit Will.

Et, au lieu d'être pénétré d'un froid glacial comme il le redoutait, en prononçant ces mots, il sentit une vague de tendresse le submerger et il s'épanouit.

M. Tom sentit, quant à lui, le sang lui monter au visage et il se racla la gorge.

– Moi aussi, je t'aime, petit, grommela-t-il. Et maintenant, j'ai des tâches qui m'attendent en bas, et il disparut vivement vers le bas de l'échelle.

Le mois de juin arriva bien vite. Jour après jour, Will reprenait des forces. Il restait à l'intérieur, heureux simplement de dessiner et de lire. Zach, George et les jumelles et même Lucy venaient lui rendre visite, mais il avait tendance à s'endormir au milieu de la conversation et, quand il se réveillait, il trouvait à côté de lui quelques fruits et des bandes dessinées que les autres lui avaient laissés en partant.

Plusieurs semaines s'écoulèrent avant qu'il ne s'aventure jusqu'au petit sentier du jardin de devant donnant sur le cimetière. Avec Tom, il transportait dehors la grande table de bois afin qu'il puisse y installer ses pots de peinture et ses pinceaux. L'air frais lui donnait de l'appétit et, comme il mangeait bien, il reprenait des forces.

Pendant ce temps-là, à Londres, Neville Chamberlain avait démissionné de son poste de Premier ministre et un homme chauve et corpulent de soixante-cinq ans avait pris sa place. Il s'appelait Winston Churchill. Peu après, les habitants de Little Weirwold apprirent avec consternation ce qui s'était passé à Dunkerque.

Le corps expéditionnaire britannique avait été repoussé jusqu'à la côte française par les Allemands, et des milliers de soldats, dont certains étaient grièvement blessés, avaient dû être évacués par mer jusqu'à Folkestone. Des centaines de citoyens ordinaires qui possédaient des bateaux risquèrent leur vie pour aider à l'évacuation des soldats. Plusieurs d'entre eux périrent. Le maître du manoir et son fils, Julian, avaient pris la mer sur un canot automobile. La Grange ne serait pas transformée en maternité mais en maison de convalescence pour les soldats blessés ou en état de choc.

Durant un week-end, plusieurs camions chargés de soldats blessés, au regard vide, traversèrent le village. Les villageois les acclamèrent, leur jetèrent des guirlandes de fleurs et leur donnèrent au passage des gâteaux, du pain et des œufs. Quelques-uns d'entre eux réussirent à s'arracher un pâle sourire, mais la plupart étaient trop hébétés pour se rendre compte de ce qui se passait.

Le dernier samedi de juin, Will se décida à faire une chose qu'il repoussait depuis un certain temps. Ayant fini les tâches qui lui incombaient dans la maison, il était assis dehors en train de lire. Tom avait laissé une liste de commissions sur la table. Il donnait actuellement un coup de main à Hillbrook Farm, tout comme George et Ginnie. Carrie était au presbytère avec le pasteur en train de travailler son latin.

Il ferma son livre, prit la liste de commissions et se rendit à la boutique. Sur le chemin du retour, il passa chez les Little. Si Zach ne faisait rien de particulier, ils pourraient peut-être aller se balader ensemble. Il pourrait ainsi remettre à plus tard son projet.

Il trouva Zach couvert de cambouis et environné de chiffons huileux et de petits outils, à côté d'une vieille bicyclette en équilibre sur le guidon et la selle.

– J'ai presque réussi à la réparer, tu sais. C'est la première fois de ma vie que je me lance dans la mécanique. Je suis décidé à terminer quelque chose une bonne fois pour toutes.

Ils bavardèrent un moment, puis Will rentra à la maison. Il laissa un petit mot disant où il allait et partit en direction du cottage d'Annie Hartridge. Une heure plus tard, il était encore en train de fixer la porte d'entrée.

Après avoir longuement hésité, il se décida enfin, traversa l'étroite allée, frappa trois fois et, nerveux, recula d'un pas. Il faisait une chaleur écrasante et sa chemise collait à son corps. Il agita les pans pour se rafraîchir un peu. Personne ne venait ouvrir. Elle n'était peut-être pas là. Il se sentit soulagé. Il pourrait revenir un autre jour. Soulevant le heurtoir en cuivre poli, il frappa de nouveau. Toujours pas de réponse. Il s'apprêtait à partir lorsque la tête de Mme Hartridge apparut soudain à l'angle de la maison. Il sursauta.

– Je pensais bien avoir entendu quelqu'un, dit-elle. J'étais derrière, dans le jardin. Fais le tour. Je savais que tu étais revenu, ajouta-t-elle avec douceur. Quelle surprise de te voir !

Un grand plaid était étalé sur la pelouse.

Elle invita Will à s'asseoir et à se mettre à l'aise pendant qu'elle allait lui préparer un verre de limonade. Il la regarda entrer dans le cottage et resta debout, jetant un regard furtif autour de lui, sur le petit potager, le jardin d'herbes aromatiques sous la fenêtre de la cuisine, les grands arbres qui bordaient l'allée, et il étouffa alors une exclamation, car un landau était placé à l'ombre, sous les arbres.

Comme paralysé, il le fixait intensément, osant à peine respirer de peur d'éveiller l'être qui y reposait. Annie Hartridge, debout derrière l'évier, regardait par la fenêtre. Elle s'apprêtait à se pencher pour lui demander s'il voulait du miel dans sa limonade mais, quand elle vit l'expression de son visage, elle demeura silencieuse. Les nouvelles se répandaient toujours dans le village comme une traînée de poudre et elle connaissait en partie les épreuves qu'il venait de traverser.

Will, cependant, s'avançait à pas lents vers le landau. La voiture vibra légèrement et deux petites jambes potelées apparurent. Il se rapprocha encore et s'immobilisa à côté. A l'intérieur, sous l'ombre protectrice de la capote, était couché un tout petit bébé. Elle avait des cheveux noirs et légers et des yeux bruns, ronds comme des billes. Elle agitait une de ses mains machinalement et elle tourna la tête, saisie, lorsqu'une des franges autour de la capote s'agita dans le vent.

Annie Hartridge laissa Will à sa contemplation un long moment avant de rompre le silence.

– Voici de la limonade et du gâteau au gingembre, dit-elle d'un ton animé.

Will se retourna, gêné d'être surpris à contempler le bébé.

– Elle est belle, n'est-ce pas ? demanda Annie en se dirigeant vers le landau sans se presser et en prenant le bébé dans ses bras.

Elle plongea son regard dans le sien, puis l'embrassa sur les joues.

– Je vais te laisser jouer un peu dans l'herbe, ma chérie, dit-elle en la plaçant à plat ventre sur la couverture. Voilà, mon trésor.

Will s'assit à côté d'elle avec sa limonade et l'observa, fasciné par l'étrange pouvoir que cet être minuscule et sans défense exerçait sur lui.

Il resta dans le jardin jusqu'au coucher du soleil à bavarder avec Mme Hartridge de livres, de suggestions pour obtenir du papier et de l'endroit où on pouvait acheter des couleurs au meilleur prix. Il ne fit aucune allusion à M. Hartridge, et elle ne parla ni de la mère de Will ni de Trudy. Parfois, au milieu de la conversation, ils se taisaient soudain et échangeaient un regard complice.

Aux yeux de Will, elle semblait plus belle que jamais. Elle était un peu amaigrie maintenant, mais elle avait toujours ses grands yeux bleus, ses cheveux dorés et la voix peut-être encore plus mélodieuse. Il la regarda soulever le bébé à bout de bras, puis l'approcher de son visage et lui donner de gros baisers sur le ventre. Parfois elle se contentait de la regarder, l'air heureux et triste à la fois.

Alors qu'ils bavardaient, Will entendit frapper à la porte d'entrée. Annie se leva, tenant Peggy dans les bras.

– Tiens, dit-elle en la tendant à Will. Prends-la pendant que je vais ouvrir.

Elle s'éloigna d'un pas rapide, sans oser jeter un coup d'œil derrière elle. Elle ne savait pas si ce qu'elle faisait était bien ou non. Elle sentait d'instinct qu'il fallait que Will tienne entre ses bras un enfant vivant et chaud.

Will resta assis, pétrifié, serrant le bébé contre lui. Il se sentait tendu, mal à l'aise.

Peggy faisait des bulles et l'une d'elles coula le long de sa bouche en un filet de salive qui resta accroché un moment à son menton avant de tomber sur sa robe légère en coton. Le bébé était rond, sa peau toute douce et Will trouvait qu'elle sentait merveilleusement bon. Il commençait à se détendre un peu lorsque Peggy émit un petit gargouillis puis, sans aucune raison, il plissa les yeux et se mit à pleurer.

Will, affolé, chercha Mme Hartridge des yeux. Il commença à bercer le bébé en le serrant contre lui, mais il continuait à pleurer. Il se leva alors, le tenant toujours dans ses bras, à la recherche d'un biberon.

Mme Hartridge ouvrit la porte de derrière, traversa le jardin, reprit Peggy et sourit.

– Je sais ce que tu veux, mon amour, murmura-t-elle et, s'asseyant dans un fauteuil en toile, elle déboutonna son corsage en tissu fleuri et glissa le bout d'un de ses seins dans la bouche du bébé.

Will était trop choqué pour songer à détourner son regard. Il se disait qu'il devrait fermer les yeux ou prendre congé mais ses pieds semblaient avoir pris racine dans le sol et, bientôt, il oublia son embarras, hypnotisé par le spectacle du bébé qui tétait à un rythme lent et régulier. Il regardait ses petits bras largement écartés, ses doigts qui s'ouvraient et se refermaient en signe de satisfaction, ses joues qui rosissaient.

Lorsque le bébé eut tété tout son saoul, Mme Hartridge boutonna son corsage et leva les yeux sur Will.

– M. Tom t'attend devant la maison, dit-elle.

Il la remercia pour la limonade et courut le rejoindre. Assis dans l'herbe avec Sammy, il regardait au loin de longs bancs de nuages frangés de mauve.

Sur le chemin du retour Will se sentit soudain plus léger. Tom avait raison. Il n'aurait pas pu donner à Trudy ce dont elle avait besoin. Ce n'était pas de sa faute si elle était morte. Il se sentait toujours attristé par sa mort, mais l'horrible sentiment de culpabilité qui avait si lourdement pesé sur lui était maintenant dissipé. Il enfouit ses mains dans ses poches et continua à avancer d'un pas plus allègre.

Lorsqu'ils arrivèrent au cottage, Will et Tom trouvèrent Zach qui les attendait dans le jardin de devant, la vieille bicyclette à côté de lui.

– Je l'ai réparée. Je l'ai vraiment réparée, annonça-t-il fièrement. Dites donc, monsieur Tom, ajouta-t-il avec un large sourire, c'est loin, la mer ?

UNE FOIS DE PLUS, ZACH ENTONNA SA CHANSON FAVORITE, AUX ACCENTS SI ENTRAÎNANTS.

Hardi les gars! Vive au guindeau
Good bye Farewell
Good bye Farewell
Hardi les gars! Adieu Bordeaux!
Hourra! Oh Mexico!
Ho! Ho! Ho!

Il l'avait chantée si souvent que Tom et Will la connaissaient presque par cœur. Ils se mirent à chanter:

Au cap Horn, il ne fera pas chaud
Haul away
Hé! Houla Tchalé
A faire la pêche au cachalot
Hale matelot
Ho! Ho! Hisse et Ho!

LA MER,  LA MER, LA MER !

On était au mois d'août. Le soleil brillait dans un ciel bleu sans nuages ; Zach, Will et Tom avaient pris place dans la carriole, assis sur une planche qui tenait lieu de banc.

Tom tenait les rênes. Ils en étaient à leur troisième jour de voyage. La fraîcheur du petit matin s'était dissipée et une autre journée torride commençait. Zach et Will enlevèrent leur chemise et la jetèrent, avec leurs chaussettes et leurs sandales, à l'arrière de la carriole.

Assis pieds nus, leurs bretelles baissées pendant à leurs côtés, ils balançaient les maigres jambes bronzées au rythme des oscillations du véhicule.

– Ça devrait plus être bien loin, murmura Tom en secouant les rênes.

Ils laissèrent Dobbs et la carriole dans une ferme.

Le fermier s'occuperait de la jument qui, en échange, l'aiderait pour la moisson. Ils déchargèrent la carriole, libérèrent Sammy et dégagèrent les deux bicyclettes et plusieurs paniers. Tom et Zach poussèrent les bicyclettes sur la route tandis que Will se chargeait des paniers.

Zach avait peint le cadre de son vélo en rouge vif et les garde-boue en jaune. Il accrocha deux des paniers de part et d'autre d'un petit porte-bagages à l'arrière.

La bicyclette de Tom était noire, mais attirait tout autant l'attention que celle de Zach, car c'était un tandem. Will avait pris place à l'arrière, ce qui avait semblé la meilleure solution, étant donné qu'il ne savait pas monter à bicyclette.

Un panier en osier était attaché au guidon. Tom vérifia les pneus et, comme Zach, fixa soigneusement deux autres paniers sur le porte-bagages arrière. Tom enfourcha le tandem et le maintint en équilibre pendant que Will déposait Sammy dans le panier avant de se hisser à son tour sur la selle. Zach était déjà sur sa bicyclette, un pied sur une pédale.

– Allons-y! dit Tom en appuyant fortement du pied pour prendre son élan.

– Youpi! hurla Zach.

Ils partirent enfin. Ils avançaient à une allure régulière, longeant une route bordée de champs de blé qui ondulaient légèrement et d'arbres au feuillage verdoyant. Des papillons aux ailes transparentes voletaient autour des haies, et des senteurs inconnues, exotiques, embaumaient l'air. Ils poussèrent les bicyclettes pour gravir une pente assez raide et s'arrêtèrent essoufflés en haut de la colline. Devant eux, en contrebas, s'étendait la mer, vaste et calme.

Ils jetèrent leurs vélos dans les haies, et se mirent à danser de joie sur place, hurlant à pleins poumons. Zach et Will s'aperçurent soudain que Tom dansait lui aussi et le fou rire les gagna. Pliés en deux, ils se tenaient le ventre et des larmes coulaient sur leurs joues. Une fois calmés, ils burent goulûment de la limonade tiède et enfourchèrent de nouveau leurs bicyclettes pour se laisser glisser doucement de l'autre côté de la colline, à moitié aveuglés par le scintillement de l'immense étendue bleue au-dessous d'eux. Sammy gisait effondré, accablé de chaleur sous la vieille bâche fixée sur le panier. Dès qu'il sentait un souffle d'air, il laissait glisser sa tête par-dessus le rebord, la langue pendante, rêvant d'un endroit frais et ombragé.

Bien qu'il n'y eût aucune pancarte pour les accueillir, Tom était sûr que le village de pêcheurs dans lequel ils arrivaient était bien l'endroit qu'ils cherchaient.

Il s'appelait Salmouth.

Ils n'étaient pas les seuls touristes mais, comme les rues de Salmouth étaient très étroites, la plupart des gens qui s'y aventuraient étaient des cyclistes comme eux ou des promeneurs. Tom alla, de cottage en cottage, demander si quelqu'un accepterait de les loger avec le chien et de leur fournir un petit déjeuner et le repas du soir pendant une quinzaine de jours.

Après avoir essuyé plusieurs refus, ils rencontrèrent par hasard une femme qui était veuve, Mme Clarence. Elle se déclara ravie de les accueillir. Ses quatre fils avaient été mobilisés et elle vivait seule avec son chien, Rumple. Contrairement à Sammy, Rumple était vieux et passait ses journées paresseusement étendu, disparaissant presque complètement dans ses replis de graisse.

Tom et Zach rangèrent la bicyclette et le tandem le long d'une petite allée pavée, devant le cottage de Mme Clarence, qui menait à son jardin bien entretenu. Will détacha les paniers qu'à eux trois ils portèrent dans la maison.

– Allez donc faire une petite promenade, leur conseilla gaiement Mme Clarence. Pendant ce temps, je m'occuperai de vos chambres.

Ils suivirent avec plaisir cette suggestion et s'engagèrent en flânant dans la rue principale en direction d'un petit port. Deux petites ruelles pavées descendaient en pente douce vers le quai. Au coin se trouvait un vieux pub à la façade délavée par les intempéries, le *Captain Morgan*. Une enseigne cabossée représentant un vieux loup de mer pendait à l'extérieur.

– Bon sang, chuchota Zach tout excité en saisissant Will par le bras, je me demande s'il y a des contrebandiers et des pirates dans le coin.

Tom et Sammy avaient pris un peu d'avance et se tenaient près d'un minuscule embarcadère.

Will et Zach les rejoignirent.

Ils passèrent devant la boutique d'un poissonnier où des crabes encore vivants, des coques inertes et d'autres fruits de mer étaient exposés en devanture. Une forte odeur de poisson frais leur parvenait par la porte ouverte.

Quelques mètres plus loin se trouvait une boutique comprenant tout ce que Zach appelait des « attirails de mer », depuis la canne à pêche et les compas jusqu'aux caleçons et aux épais pulls marins en pure laine. Zach, qui regardait avec convoitise à travers la vitre, soupira.

– Ah, être un pirate! dit-il et il commença à susurrer: *Drake était dans son hamac* et *Capitaine, dormez-vous?*

Will se sentait attiré comme par un aimant vers le petit embarcadère. Debout sur la vieille jetée de bois, il contemplait la mer avec émerveillement. Les vagues clapotaient doucement contre les piliers juste en dessous de lui. Il avait imaginé que la mer le terrifierait, le submergerait mais, en fait, il se sentait étrangement calme. Il avait l'impression que son esprit s'était soudain ouvert et que toutes ses angoisses, tous ses souvenirs douloureux, toutes ses peurs s'envolaient pour glisser à la surface de l'eau qui les emportait au large. Sammy aboyait après les mouettes qui piaillaient au-dessus de lui, mais Will ne l'entendait pas.

Autour de la jetée même, des pêcheurs s'affairaient à bord de leur bateau à l'amarre. C'étaient de longues embarcations avec des grands mâts et des filets humides accrochés à leurs flancs.

A droite de la jetée, à environ un mille*, s'étendait une baie protégée.

* Un mille équivaut à environ 1,6 km.

Quelques petits voiliers à l'ancre dansaient sur les flots. Will plongea les mains dans ses poches. Une joie profonde l'envahissait à l'idée de passer deux semaines à Salmouth. Quatorze jours complets. Il pourrait s'asseoir sur le quai et dessiner autant qu'il le voudrait et il y avait tellement à voir ! Tant de nouvelles formes à reproduire, de nouvelles couleurs à enregistrer dans sa mémoire. Il y avait des choses qu'il ne pourrait jamais saisir, comme les odeurs, les sentiments, les sensations. C'étaient des plaisirs fugitifs, à savourer dans l'instant même.

– Tu viens, Will ? cria Zach.

Il se retourna vivement.

– On continue plus loin, en direction de ce grand V, ajouta Zach en indiquant l'estuaire. Tu restes ici ou tu viens avec nous ?

– Je viens, répondit Will en les rejoignant.

Ils s'engagèrent dans une autre ruelle, s'arrêtèrent au passage devant une boutique de livres d'occasion, collèrent le nez à la vitre poussiéreuse. Un endroit rempli de trésors, pour chacun d'entre eux. Sans Sammy qui tiraillait Tom par la jambe de son pantalon, ils seraient peut-être entrés et y auraient passé le reste de l'après-midi.

– C'est une boutique pour les jours de pluie, commenta Tom.

En face se trouvait un autre magasin, appelé *Le Seau et la Pelle.* Devant la vitrine étaient exposés des seaux colorés et des grandes pelles en bois, des ballons, des bouées en caoutchouc, des battes de cricket, des maillots de bain. Une petite fille potelée de trois ans se tenait sur le pas de la porte. Elle se mit à remonter d'une démarche mal assurée la ruelle pour rattraper un petit garçon en costume de marin. Will, Zach et Tom les dépassèrent et tournèrent dans la rue principale. Ils passèrent devant une rangée de cottages de guingois, blanchis à la chaux, une petite épicerie, une bibliothèque, une boulangerie, un marchand de laine et un cordonnier, également réparateur de jouets, comme l'indiquait une pancarte posée dans sa vitrine.

La plage la plus proche était un mélange de galets et de sable. Ils s'assirent dans le sable pour contempler la baie.

Trois ou quatre familles et quelques couples occupaient des transats ou nageaient dans la mer. Tom avait lu dans les journaux que la plupart des plages en Angleterre étaient très fréquentées. Salmouth, à son grand plaisir, semblait relativement calme.

Lorsqu'ils regagnèrent enfin le cottage de Mme Clarence, ils mouraient de faim.

– J'ai porté vos bagages dans vos chambres, leur dit-elle. J'ai mis les deux garçons ensemble dans la pièce du fond et, monsieur Oakley, ajouta-t-elle, vous êtes dans la chambre de devant, à côté de la mienne.

Tom la remercia et ils s'assirent pour prendre un repas composé de maquereaux grillés, de fèves fraîchement cueillies, de pommes de terre en robe des champs et de tranches de courgettes frites. Tom offrit à Mme Clarence sa ration de sucre et de beurre et tout ce dont elle avait besoin.

Zach avait souvent mangé du poisson. Il avait passé plusieurs étés au bord de la mer lorsque ses parents faisaient des tournées estivales, mais c'était la première fois qu'il avait un compagnon de son âge pour partager ses distractions. La plupart du temps, il se promenait tout seul, bavardait avec les gens, mais son allure insolite et ses manières directes semblaient les indisposer et ils avaient tendance à l'ignorer. Avec Will, il avait le sentiment qu'il pouvait bien faire tout ce qui lui chantait et que celui-ci lui témoignerait toujours la même affection.

Will, lui, n'avait jamais mangé de poisson. Mme Clarence lui montra comment inciser doucement la chair pour la rabattre de chaque côté et enlever ensuite avec précaution, sans la casser, la longue arête dorsale.

Le cottage de Mme Clarence fit une grande impression sur ses trois pensionnaires, car elle disposait non seulement d'une cuisine séparée, et d'une salle à manger-salon, mais aussi d'une salle de bains située au premier étage en haut d'un étroit escalier en colimaçon. Will était stupéfait qu'on puisse avoir une pièce spéciale pour faire sa toilette. Il y avait également de l'eau chaude et de l'eau froide qui coulaient de deux robinets distincts ainsi que des toilettes avec une chaîne qu'on tirait pour vider la cuvette. Tout cela était bien différent du minuscule appentis, dans le jardin de Tom, où les toilettes consistaient en une planche en bois percée d'un trou au milieu, au-dessus d'une fosse creusée dans la terre.

Pour terminer le repas, ils eurent droit à des pommes au four arrosées de miel. Mme Clarence avait tellement bavardé qu'elle les avait oubliées dans le four où elles avaient pris des formes bizarres. Elle se confondit en excuses mais Tom, Will et Zach lui affirmèrent qu'ils les préféraient ainsi, quand elles avaient éclaté.

Durant le repas, Tom observa les deux garçons. Le teint de Will qui s'était coloré de diverses nuances de rose pendant le voyage avait maintenant pris un hâle soutenu. Tout son visage était constellé de taches de rousseur.

– Dis donc ! s'exclama Zach, remarquant lui aussi ce nouveau phénomène, tu es couvert de taches de rousseur.

– Ah bon ? s'étonna Will, surpris.

Oui. Elles devaient se cacher à fleur de peau depuis des années et des années.

Will baissa les yeux vers ses bras. Les manches de sa chemise étaient roulées jusqu'aux coudes.

– J'en ai plein, remarqua-t-il. C'est bizarre.

Zach se lécha les lèvres.

– J 'ai la bouche toute salée, dit-il. Toi aussi ?

Will se lécha les lèvres et inclina la tête.

– Moi aussi, ajouta Tom.

– Je vais rebaptiser ce village Salt-on-the-mouth*, dit Zach en se penchant en arrière, l'air très content de lui.

– Ça me plaît beaucoup, remarqua Will avec un sourire.

L'air marin avait rendu Zach et Will somnolents et, comme l'idée de partager une chambre les réjouissait, ils ne firent aucune difficulté pour aller au lit, laissant Tom et Mme Clarence écouter « L'Invité d'un soir » à la radio.

* Littéralement : sel sur la bouche.

Tandis qu'elle tricotait en bavardant, Sammy essayait en vain de réveiller un peu Rumple qui occupait maintenant la meilleure place, près du foyer.

En haut, Zach et Will se déshabillèrent et enfilèrent leurs pantalons de pyjama. Leurs lits étaient placés de part et d'autre d'un bow-window* qui donnait sur la mer. De minces croisillons de bois peints en blanc divisaient les vitres des deux battants. Chaque fenêtre était munie d'un système permettant de la rabattre vers l'extérieur. Elles étaient toutes deux grandes ouvertes, car Mme Clarence leur avait dit qu'il était inutile d'accrocher les rideaux noirs à moins qu'ils n'allument dans la chambre.

Zach et Will se penchèrent au-dehors, laissant l'air frais de la nuit leur caresser le visage.

La lune était pleine et brillait dans le ciel limpide. Les vagues clapotaient le long du rivage au-delà du minuscule jardin de derrière.

Tom lisait dans la pièce du bas quand il n'était pas interrompu par Mme Clarence. C'était une femme timide, et sa timidité se manifestait par de brusques accès de bavardage incessant.

---

* Fenêtre en saillie.

Tom était persuadé qu'une fois habituée à leur présence, elle se montrerait plus détendue.

Mme Clarence ne comprenait pas les liens qui l'unissaient aux deux garçons. Il lui paraissait évident que Tom et le garçon blondétaient parents, mais le brun, qui avait l'air si précoce, ne ressemblait ni à l'un ni à l'autre.

Elle se demandait également si Will était le fils ou le petit-fils de Tom. Lorsqu'elle avait découvert qu'il était veuf, elle s'était sentie un peu troublée. Elle le trouvait séduisant et s'aperçut avec consternation qu'elle ne cessait de bavarder comme une adolescente. Cela devenait vraiment embarrassant.

Ils venaient d'écouter le bulletin de huit heures lorsqu'elle déposa son tricot.

– Zach est un ami de votre fils ? demanda-t-elle.

Tom, surpris, leva les yeux de son livre.

– Mon fils ?

– Will. Il vous ressemble tellement. Il a la même allure que vous.

– C'est un réfugié, commença-t-il, sans achever.

Elle en conclut que seul Zach était un réfugié.

– Comme c'est gentil à vous, monsieur Oakley, d'emmener un réfugié en vacances, dit-elle, et elle ne tarissait plus d'éloges.

Ces louanges mettaient Tom mal à l'aise, alors plutôt que d'ajouter que Will était également un réfugié, il préféra garder le silence, dans l'espoir que Mme Clarence en resterait là.

Il monta jusqu'à la chambre de Zach et de Will et les trouva toujours penchés à la fenêtre en train de contempler la mer. Il les borda tous les deux dans leur lit, leur ébouriffa les cheveux et referma la porte derrière lui.

Zach, couché sur le dos, croisa les mains sous sa nuque.

– Dis donc, commença-t-il, c'est vraiment le truc le plus merveilleux, le plus épatant, le plus excitant qui nous soit jamais arrivé dans le vaste monde.

– Oh oui, approuva Will.

Ils restaient étendus, silencieux dans la demi-obscurité. Les rayons de la lune éclairaient les lattes du plancher.

– C'est un bruit tellement agréable, chuchota Will, heureux, les yeux fixés au plafond.

– Quoi donc ? demanda Zach à demi endormi.

– Les vagues.

Zach se retourna et poussa un grognement. Will était assis, jambes croisées, sur l'appui de la fenêtre, un carnet de croquis sur les genoux. Il jeta un coup d'œil au visage brun de Zach et à ses cheveux noirs et frisés, sur la taie d'oreiller blanche amidonnée, puis se remit à son dessin. Zach grogna de nouveau, ouvrit les yeux, regarda le lit de Will. Le voyant vide, il descendit précipitamment du sien puis aperçut Will à la fenêtre.

– Ça fait longtemps que tu es levé ?

Will haussa les épaules.

– Une heure à peu près, je suppose.

– Pourquoi tu ne m'as pas réveillé ?

– Je pensais que t'avais peut-être envie de faire la grasse matinée.

Zach se pencha par la fenêtre, à côté de Will. Une brume légère planait sur la mer.

– Dis donc, ça va être encore une journée formidable. Il va faire une chaleur !

Il jeta un coup d'œil au dessin de Will qui représentait deux mouettes planant au-dessus d'une mer calme.

– Si seulement je pouvais rendre le reflet du soleil sur les vagues qui étincellent, fit Will en poussant un soupir.

Il s'adossa au chambranle de la fenêtre.

– Oh, Will, répliqua Zach, c'est formidable, ce que tu fais. Si je dessinais ça, il y aurait juste une longue ligne qui se tortillerait au milieu de la page, deux nuages idiots au-dessus et quelques ondulations.

Will se mit à rire.

Mme Clarence frappa à la porte.

– Le petit déjeuner dans cinq minutes, les garçons ! lança-t-elle d'une voix chantante.

– On arrive ! cria Zach.

Will descendit de la fenêtre et posa son carnet de croquis sur la petite table blanche, juste en dessous.

C'était le début d'une autre « glorieuse » journée pour Zach. Tom s'était levé tôt lui aussi et avait déjà fait une promenade sur la plage avec Sammy.

Tous trois s'assirent et engloutirent un copieux petit déjeuner puis partirent aussitôt vers la plage, nantis d'un pique-nique pour le déjeuner. Ils longèrent la côte sur quinze cents mètres en direction de falaises et grimpèrent le long d'un sentier tracé à travers les hautes herbes et les fougères. Une fois parvenus au sommet, ils continuèrent à marcher jusqu'à ce qu'ils arrivent à un étroit passage dans un champs d'ajoncs. Ils dévalèrent un autre sentier qui les mena à une crique abritée et sablonneuse. La falaise la cernait de part et d'autre comme les bras d'un vaste fauteuil. Zach et Will se déshabillèrent, ne gardant que leurs caleçons, tandis que Sammy creusait dans le sable qu'il envoyait en cascades derrière lui. Tom roula les jambes de son pantalon et les manches de sa chemise et se protégea la tête avec un mouchoir noué aux quatre coins.

Zach et Will s'avancèrent vers la mer. Will s'arrêta au bord tandis que Zach pataugeait dans l'eau en hurlant qu'elle était glacée. Il recula pour éviter d'être éclaboussé.

– Allez, viens, cria Zach qui barbotait. Il y a des coins plus chauds quand on se déplace.

Will acquiesça, l'air inquiet. Il avança jusqu'à ce que l'eau lui arrive jusqu'aux chevilles. Elle passait en tournoyant autour de ses pieds.

Assis sur le rivage, Tom l'observait. Will se retourna et l'effleura du regard. Il avait envie d'avoir M. Tom à côté de lui mais, en même temps, il ne voulait pas passer pour un froussard. Tom avait envie de l'aider, mais ne voulait pas avoir l'air de le couver. Le coup d'œil que lui jeta Will l'incita à agir.

– Allez, viens, Samuel, dit-il à la boule de poils abritée maintenant dans le trou qu'elle avait creusé. Viens, mon garçon, viens tâter de l'eau salée ajouta-t-il en prenant le chien dans ses bras pour le porter jusqu'au bord de l'eau.

Le spectacle de Sammy aboyant contre la mer, courant sur le ressac, puis reculant précipitamment de peur d'être rattrapé était si drôle que l'appréhension de Will se dissipa. A son tour, Tom entra dans l'eau en pataugeant.

– Viens, Will, dit-il d'un ton encourageant. Asperge-toi d'abord. Après tu t'habitueras. Si tu tombes, je te rattraperai.

Will s'avança lentement jusqu'à ce qu'il ait de l'eau jusqu'à la taille et, avec l'aide de Zach et de Tom, il prit bientôt plaisir à barboter à son tour. Tom n'avait pas nagé depuis au moins vingt ans, et encore, seulement dans la rivière de Little Weirwold. Quand ils s'installèrent enfin tous les trois pour pique-niquer, il avait décidé d'acheter trois maillots de bain.

Après avoir mangé et fait une petite sieste dans un coin d'ombre au pied des falaises, ils s'aventurèrent de nouveau dans la mer. Will apprit très vite à faire la planche, au grand dam de Zach qui savait nager la brasse et le crawl, mais n'avait jamais réussi à faire la planche. L'idée de flotter immobile l'angoissait. Il lui fallait toujours être en mouvement. Will, en revanche, goûtait cette immobilité qui lui semblait merveilleuse. Il s'étendait sur le dos et, les yeux plissés, il regardait à travers ses paupières mi-closes le ciel éblouissant au-dessus de lui et il se mettait à compter pour voir combien de temps il tiendrait sans couler.

Vers la fin de l'après-midi, il oublia presque qu'il était dans l'eau et faillit s'endormir.

Les deux premiers jours passèrent très rapidement, ainsi que ceux qui suivirent. La plus grande partie de la journée s'écoulait près de la mer où ils nageaient tous les trois vêtus de leurs maillots de bain en laine tout neufs. Ils jouaient également au crocket sur la plage, bâtissaient des châteaux de sable ou ramassaient des coquillages.

Un jour, ils longèrent les falaises et suivirent la courbure de la baie jusqu'au manoir; un autre jour, Will resta près du port à dessiner des bateaux pendant que Zach se baladait à vélo et que Tom emmenait Mme Clarence faire un tour à l'arrière de son tandem.

Au bout de dix jours, Will avait appris à nager la brasse et Zach arrivait à compter jusqu'à dix en faisant la planche.

Durant leur séjour, les nouvelles transmises par la radio étaient devenues inquiétantes, à tel point qu'un soir Zach se faufila hors de sa chambre pour écouter le bulletin de huit heures. Non seulement sa mère conduisait une ambulance, mais son père travaillait aussi pour le corps auxiliaire des Sapeurs Pompiers.

Les gens du pays étaient persuadés que les récents et massifs bombardements aériens sur les grandes villes constituaient un prélude à une invasion de grande ampleur. Dix-sept parachutes avaient été découverts dans les Middlands, il y avait eu des raids sur Southampton et la R.A.F.* abattait, en moyenne, soixante

* Royal Air Force, l'armée de l'air britannique.

avions par jour tout en exécutant des raids importants sur l'Allemagne.

Parvint alors la nouvelle consternante d'un bombardement aérien de Croydon au cours duquel trois cents ouvriers d'usine avaient été tués.

Tom avait été tenté de regagner aussitôt Little Weirwold car il estimait, pour quelque étrange raison, que Will et Zach y seraient plus en sécurité. Mme Clarence, néanmoins, insista tellement pour les garder qu'il décida de rester encore les trois derniers jours prévus.

La chaleur était presque tropicale et ils plaignaient tous ceux qui devaient travailler dans une ville sans brise marine pour les rafraîchir.

A la fin de leur dernier samedi, alors qu'ils revenaient sur leur bicyclette après une journée à la plage, ils furent atterrés en lisant les manchettes des journaux placardés devant le stand. Ils annonçaient : « Le sud-ouest de Londres sous le Blitz*, Malden durement touché. » Tous les journaux de la boutique avaient été vendus. Le papier étant rationné, ils étaient très recherchés et les rares exemplaires avaient été distribués systématiquement aux gens du pays. Heureusement, Mme Clarence en avait obtenu un et Zach le parcourut avec anxiété. Le journal signalait que les sirènes n'avaient pas fonctionné et que cette défaillance avait causé la mort de plusieurs personnes.

* Bombardements.

– Tu voudrais bien savoir comment vont tes parents, je suppose, remarqua Tom.

Zach acquiesça. Il leur avait écrit presque tous les jours ; ils connaissaient donc son adresse de vacances, mais il n'avait reçu aucune nouvelle d'eux. En temps habituel, l'absence de lettre ne le préoccupait guère. Ses parents étaient souvent si occupés par les derniers préparatifs fiévreux avant la générale qu'ils avaient à peine le temps de manger et de dormir, encore moins d'écrire mais, une fois le spectacle commencé, s'il vivait loin d'eux, il recevait en général une longue lettre pour compenser leur silence.

Mais après la nouvelle de ce bombardement de Londres, il était très inquiet.

– On va trouver un téléphone et appeler les Little, suggéra Tom. Ils ont peut-être laissé un message.

– Je vous remercie beaucoup, dit Zach.

– Vous allez téléphoner avant ou après le dîner ? demanda Mme Clarence.

Zach, malgré son hâle foncé, était visiblement pâle.

– On y va maintenant, dit Tom.

Ils sortirent tous deux du cottage. Will resta pour aider à mettre la table et à faire des tartines de beurre tout en écoutant « L'Heure des enfants ».

Lorsqu'ils revinrent, Zach avait retrouvé le sourire. Ses parents avaient laissé un message aux Little pour dire qu'ils étaient sains et saufs et surtout désolés de n'avoir pas écrit, mais que le nombre des victimes était si considérable que les soins aux blessés occupaient tout leur temps.

Le lendemain était un dimanche, le dernier jour à Salt-on-the-mouth.

Tom et Will se rendirent à l'église du village tandis que Zach trouva un endroit isolé sur la plage. Bien que ce ne fût pas le jour du Sabbat, il fixa sur sa tignasse hirsute sa petite calotte ronde et se balança doucement d'avant en arrière en récitant les quelques prières en hébreu dont il se souvenait. Cela le réconfortait de psalmodier. Il avait l'impression de prononcer des formules magiques qui allaient tout arranger. Ses parents lui avaient enseigné que Dieu, où qu'il soit et quel qu'il soit, pouvait sans doute entendre les prières silencieuses, mais Zach trouvait réconfortant de les exprimer à haute voix.

Mme Clarence leur avait préparé un vrai repas du dimanche. Poulet rôti, pommes de terre sautées et légumes suivis d'une glace qu'elle avait faite elle-même en se servant de la glacière du poissonnier. Et bien que la glace ait été parfumée à la vanille, elle sentait également le maquereau.

L'après-midi, Tom, Zach et Will se promenèrent une dernière fois aux alentours du village, le long des chemins cahoteux en haut des falaises. Ils poussèrent le vélo et le tandem le long de la plage et, comme le crépuscule approchait, voilant l'horizon d'une brume orange et rose, ils s'assirent par terre pour regarder le soleil disparaître lentement.

Mme Clarence avait sorti pour eux une bouteille de cidre du

pays et, comme il faisait un peu frais, elle avait allumé du feu dans la cheminée. Ils s'installèrent dans son halo réconfortant, et mangèrent du pain fait maison, des oignons et du fromage, tout en buvant des pintes de cidre. Celui-ci leur réchauffait l'estomac et la chaleur se diffusait jusqu'à leur peau brûlée par le soleil. Les taches de rousseur de Will disparaissaient maintenant sous un hâle soutenu. Sa chevelure blonde, décolorée par le soleil, était parsemée de mèches presque blanches. Il se sentait à la fois détendu et débordant d'énergie. Il referma les mains autour de sa pinte et sourit, les dents éclatantes de blancheur dans son visage bronzé. Quant à Zach, il était couleur pain d'épice, et ses cheveux étaient deux fois plus bouclés qu'auparavant. Depuis qu'il avait appris à se laisser flotter sur l'eau, il était plus calme, moins imprévisible et nerveux. Il continuait à faire le clown, mais ne s'évertuait plus à se montrer drôle à tout prix. Pour une fois, il se laissait distraire par les autres.

Depuis qu'il avait quitté Weirwold, Tom avait cessé de se raser et son menton s'ornait d'une barbe blanche et bouclée de deux semaines. L'air marin avait frisé ses cheveux en minuscules tire-bouchons qui se dressaient dans tous les sens.

Plongés dans une douce euphorie par le cidre, ils se regardèrent comme s'ils se découvraient soudain pour la première fois. Zach déclara que Tom ressemblait au fils du Père Noël, Will affirma que Zach ressemblait à Balthazar, le Roi mage, et Tom dit que Will aurait pu être un œuf moucheté de brun avec une plume blanche sur le dessus.

Après le souper, Will et Zach allèrent faire un tour sur la jetée. La nuit était claire et la lune inondait la mer de lumière. Ils parlaient à voix basse. Ils étaient désolés de quitter Salt-on-the-Mouth mais ils se réjouissaient en même temps de revoir George et les jumelles.

Will avait rempli trois carnets de croquis durant les vacances, mais il avait l'impression qu'il avait encore tant à dessiner ! Zach avait une fois encore commencé un poème épique évoquant une bande de dangereux contrebandiers, mais il en avait tellement parlé qu'à la troisième strophe son enthousiasme était déjà retombé. Ils discutèrent des spectacles qu'ils monteraient à la rentrée. Zach parla de ses ambitions. Il voulait être comédien et jouer dans le monde entier. Celles de Will étaient un peu plus modestes. Il voulait simplement dessiner et jouer dans la prochaine pièce en automne.

Ils s'attardèrent un moment à contempler la mer sans mot dire puis rentrèrent à pas lents au cottage. Tom était en train de bavarder avec Mme Clarence près du feu. Ils burent un chocolat chaud et discutèrent un moment avec eux, puis ils montèrent se coucher.

Le lendemain matin, devant le cottage, les paniers arrimés à leurs bicyclettes, ils prirent congé de Mme Clarence. Elle avait pris plaisir à leur compagnie, aussi était-elle triste de les voir partir.

Ils s'éloignèrent en poussant la bicyclette et le tandem, et elle les regarda monter lentement la côte et disparaître en haut de la colline.

Le premier jour, après leurs retrouvailles avec Dobbs et la carriole, le temps resta au beau fixe, mais le mardi il plut et ils durent mettre leur suroît et leus cape imperméable. Ils s'abritèrent un moment sous des arbres pour pique-niquer car même s'ils étaient sur le chemin du retour, le voyage faisait encore partie des vacances.

Le mercredi, il semblait que l'automne eût commencé. Les champs, les arbres et les fleurs évoquaient toujours l'été, mais le ciel était gris et des rafales de vent froid freinaient leur progression.

Lorsqu'ils arrivèrent enfin à Little Weirwold et après que Dobbs fut nourrie et abreuvée, la nuit était presque tombée.

Sur la table du salon, dans le cottage, les jumelles et George avaient disposé toute une série de petits présents pour leur souhaiter la bienvenue. Mme Fletcher avait livré de l'épicerie et laissé une grande marmite de soupe de légumes sur la cuisinière rechargée.

Les présents se composaient de fleurs et d'un bol de mûres apportés par les jumelles, et d'une courge et d'un chou provenant du potager de George. Il y avait également plusieurs cartes de bienvenue. Zach mangea du pain et de la soupe avec eux, puis les quitta pour rentrer chez les Little.

Il poussa sa bicyclette à travers le champ de Dobbs et le long de la petite ruelle, puis l'appuya contre la haie des Little.

Il était en train de batailler avec la grille lorsqu'une voix pressante s'éleva soudain dans l'obscurité. Il fut tellement saisi qu'il sursauta.

– Excuse-moi, reprit la voix. Je voulais pas te faire peur.

Zach jeta un coup d'œil par-dessus la haie.

– Carrie ! s'exclama-t-il, stupéfait. Qu'est-ce que tu fais là ?

– Tu as l'air d'un nègre, fit-elle remarquer.

Il eut un large sourire.

– Merveilleux pour jouer Othello, non ?

– De quoi tu parles ? demanda-t-elle, exaspérée, car elle attendait son arrivée depuis trois bonnes heures.

– Le farouche Maure, expliqua Zach. Tu sais bien, Shakespeare.

– Oh, Shakespeare ! marmonna Carrie. Tu sais, je l'ai même pas encore lu.

– Même pas ? Tu veux dire que tu pourrais être tentée de le lire ?

– Oui. Oh, Zach !

L'agrippant par le bras, elle le regarda d'un air angoissé.

– Quoi ? demanda-t-il. Qu'est-ce qu'il y a ?

– J'ai réussi l'examen. J'ai obtenu une bourse. Je vais aller au lycée !

LE 31 AOÛT, DERNIER SAMEDI AVANT LA RENTRÉE DES CLASSES, GEORGE, WILL, ZACH ET LES JUMELLES ÉTAIENT TOUS ASSIS sur un vieux tronc d'arbre sous les bouleaux, derrière le champ des Blake. Ils avaient tous décidé de se rendre à la maison des Fantômes.

Will replia la carte et la glissa dans sa poche. Ils s'étaient munis de lampes électriques, de ficelles, d'un couteau de poche et d'une vieille corde. Will et Zach regardèrent George et les jumelles ramper vers l'extrémité du champ, puis ils en firent autant mais dans l'autre direction. Au lieu de longer la route où on aurait pu les voir, ils progressaient parallèlement, de l'autre côté de la haie.

Une fois parvenus dans les bois, ils se redressèrent et se mirent à courir sans bruit, d'arbre en arbre. Mais toutes ces précautions étaient bien inutiles car il n'y avait pas âme qui vive, à part quelques écureuils qui faisaient leurs provisions de noisettes avant d'entrer en hibernation. Ils entendirent bientôt le doux bruissement de la rivière et se laissèrent glisser au bas de sa berge boueuse.

Ils s'immobilisèrent un instant, se laissant pénétrer par la paix qui s'en dégageait. Will s'apprêtait à croquer la silhouette d'un rat d'eau au dos de la carte lorsque Zach prit la parole.

– Dis donc, si on se dépêchait un peu. Les autres vont arriver un siècle avant nous. George va se mettre à ululer et ils vont s'imaginer qu'on a été massacrés !

Ils remontèrent la berge en direction des arbres. Quelques nuages éparpillés voilaient le soleil, et le vent qui s'était levé agitait les branches. Lorsqu'ils atteignirent les hautes haies qui entouraient la maison, le ciel s'était entièrement couvert.

– J'espère qu'il va pas pleuvoir, dit Will en levant le nez. Ça serait quand même dommage de faire demi-tour. Enfin, on pourra toujours s'abriter dans la maison des Fantômes.

Zach fut parcouru d'un frisson nerveux.

– Tu as froid ? demanda Will.

– Euh... un peu.

A ce moment précis, trois ululements lointains leur parvinrent de l'autre côté des bois.

– Je vais leur donner le signal « rapprochons-nous », dit Will et, avant que Zach ait pu l'en empêcher, il avait lancé trois aboiements, suivis de deux hurlements.

Le ciel s'était encore assombri et le vent secouait furieusement les arbres.

– Qu'est-ce qui se passe ? demanda Zach, alarmé.

– Des petites branches qui cassent, répondit Will.

Soudain, au-delà de la haie, retentit un son qui fit dresser les cheveux sur la tête de Zach.

– Ecoute ! chuchota Will d'un ton excité.

Le son était aigu et semblait provenir de la maison. Il s'enflait et décroissait, se propageant comme une onde glacée dans les buissons qui l'entouraient.

Ils restèrent pétrifiés, osant à peine respirer, et toutes les images de fantômes que Zach s'était amusé à évoquer resurgirent. Il commençait à avoir vaguement mal au cœur.

– Il vaut mieux leur signaler que tout va bien, dit Will qui poussa deux hurlements lugubres.

Zach se sentit encore plus mal. Presque aussitôt, le signal « filons d'ici » leur parvint, plutôt tremblé, de l'autre côté de la haie.

– Quels crétins ! fit Will. Juste au moment où ça devenait palpitant !

Et sans consulter Zach, il signala « tout va bien », et « approchons-nous ».

Le long gémissement émanant de la maison s'éleva de nouveau, immédiatement suivi du signal « on file », lancé par George, et d'un grand remue-ménage de branches cassées dans les buissons. Will était fasciné par le son qu'il entendait.

– C'est comme quand M. Tom joue de l'orgue, chuchota-t-il en se tournant vers Zach. Tu es prêt ?

Zach acquiesça, sachant bien qu'il mentait. Il aurait donné n'importe quoi pour repartir vers le village en courant avec les autres, mais il ne pouvait pas laisser tomber Will.

– Parfait, fit Will avec un grand sourire en se faufilant à travers la haie touffue, suivi, à une distance respectable, par Zach.

Plus ils se rapprochaient de la maison plus l'espèce de gémissement s'enflait.

« Je suis sûr que je vais attraper des cheveux blancs », songea Zach quand ils émergèrent de la haie et se retrouvèrent enfouis jusqu'à la taille dans les hautes herbes. Will le tira par la manche.

– Regarde, chuchota-t-il. La porte est ouverte. La musique vient de l'intérieur.

Des pots de géraniums rouges ressortaient, posés bien en évidence sur l'appui des deux fenêtres. Leur présence semblait incongrue sur la façade de cette maison qui semblait à l'abandon, avec ses vitres poussiéreuses et sa porte en bois délavée par la pluie.

Will se mit à avancer lentement et s'arrêta au milieu du jardin en friche. Il faisait sombre à l'intérieur de la maison.

Zach s'accroupit dans l'herbe.

– Mets-toi donc à l'abri, chuchota-t-il d'une voix pressante tandis que Will restait debout, tout tremblant, complètement hypnotisé.

La musique semblait toucher en lui un point sensible et douloureux et il se sentait parcouru d'étranges frémissements. Elle s'arrêta soudain, et il n'entendit plus qu'un bruissement répétitif, suivi d'un léger choc et d'un cliquetis.

– Tu peux entrer si tu veux, tonna une voix d'homme de l'intérieur de la maison obscure.

Will sursauta ; Zach quant à lui laissa échapper un cri et tomba à la renverse.

Le martèlement se rapprocha et un jeune homme d'environ vingt-cinq ans, avec des cheveux châtains ondulés, des yeux bleus et une moustache, apparut sur le pas de la porte. Il portait une chemise bleu pâle à col ouvert et un pantalon de flanelle grise. Il avait une barbe de deux jours. Il s'appuyait sur une béquille, et la jambe gauche de son pantalon était relevée et épinglée à sa cuisse. Le regard des deux garçons s'arrêta rapidement sur la jambe vide, puis ils reportèrent leur attention sur le visage de l'inconnu. Il lui manquait une oreille. Leurs regards se croisèrent.

– Pas un très joli spectacle, n'est-ce pas ? dit-il enfin.

Will et Zach étaient trop surpris pour répondre.

– Désolé de vous avoir fait peur, reprit l'homme. Je pensais que vous m'aviez vu par la fenêtre.

Il sourit.

– Toute réflexion faite, je suppose qu'on ne peut rigoureusement rien voir à travers ces vitres. Il doit bien y avoir dix ans de poussière dessus.

Zach était resté assis, immobile, son visage bronzé émergeant au-dessus des hautes herbes. L'homme regarda Will.

– Tu aimes la musique ?

Will acquiesça.

– M. Tom joue un peu de l'orgue, dit-il. Je vis avec lui.

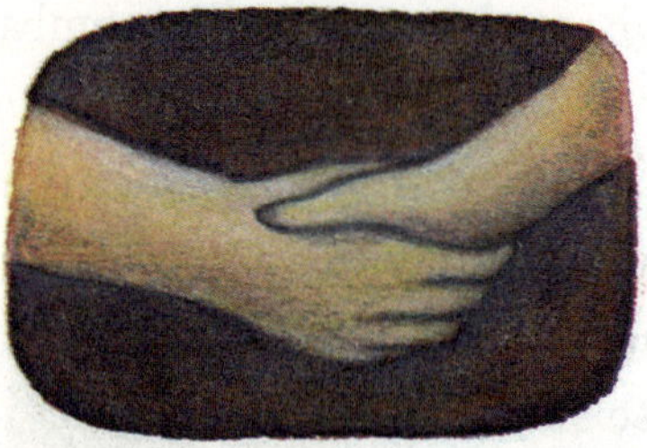

– Tu es d'ici, alors ?

– Non.

– Réfugié ?

– Oui.

– D'où ?

– Deptford.

– S'il en reste quelque chose. J'habitais encore Londres, il y a neuf mois. Aucune raison d'y retourner maintenant, ajouta-t-il d'un air sombre.

– Vous êtes du manoir ?

L'homme acquiesça et tendit la main.

– Je m'appelle Geoffrey Sanderton.

Will s'avança et lui serra la main.

– Et moi, Will.

– Et moi Zacharias Wrench, annonça Zach en se relevant.

– Ah, il a une voix, fit Geoffrey.

Une violente rafale de vent secoua les arbres.

– Il fait encore trop jour pour accrocher les rideaux noirs et trop sombre à l'intérieur pour peindre. C'est vraiment la barbe.

– Peindre, répéta Will, les yeux ronds.

– Oui, acquiesça Geoffrey, sautillant sur sa jambe pour monter les deux marches jusqu'à la porte. Je peux vous offrir du thé, du pain et de la confiture. Ça vous va ? Vous pouvez vous asseoir là ou entrer.

– J'aimerais bien entrer ! lâcha Will. Enfin, je veux dire si ça vous dérange pas.

– Je vais m'asseoir sur les marches, dit Zach.

Will suivit Geoffrey dans le salon. A une extrémité se trouvait une longue cheminée surélevée où un feu était déjà préparé mais pas encore allumé.

Il jeta un bref coup d'œil autour de lui. A part quelques meubles provenant du manoir, la pièce était presque nue. L'attention de Will fut attirée par les piles de papier et les morceaux de toile éparpillés sur le sol et par un grand chevalet en bois sur lequel était appuyé un tableau à l'huile inachevé qui représentait un paysage.

– Vous êtes peintre, monsieur ? demanda Will en suivant Geoffrey dans la cuisine.

La pièce était vide à l'exception d'une étagère où s'alignaient des provisions, quelques tasses et des pots de peinture.

– Un artiste, tu veux dire ? Oui. J'ai eu ma première exposition à Londres juste avant d'être appelé.

– Vous étiez à Dunkerque ?

– Oui.

– Oh ! Heureusement que vous avez pas perdu vos bras, n'est-ce pas, m'sieur. Vous avez eu de la chance, non ?

– De la chance ? répéta-t-il avec amertume.

Il n'était pas de cet avis. La déflagration d'une bombe lui avait arraché des bras sa fiancée. Il avait perdu deux de ses amis les plus proches et ses parents avaient été retrouvés morts sous les décombres. Ce n'était pas vraiment ce qu'on pouvait appeler de la chance.

– Oui, insista Will, mais vous pouvez encore dessiner, non ?

– Tu dessines ? demanda Geoffrey.

– Oui.

– Où ? A l'école ?

– Et quand j'ai du temps libre.

– Ah bon ? fit Geoffrey, surpris.

Il s'apprêtait à changer de sujet, par habitude car, dans le passé, les artistes amateurs lui demandaient invariablement son opinion sur leurs œuvres, ce qui l'embarrassait toujours beaucoup. Il hésita un moment, puis ramassa une feuille de papier et un bout de crayon et les tendit à Will.

– Montre-moi.

– Vous montrer ? répéta Will, alarmé. Mais... mais vous dessinez si bien...

– Et pas toi ?

– Il est merveilleux, déclara Zach qui avait maintenant repris assez d'assurance pour quitter le pas de la porte et entrer.

Will rougit.

– Je vais dessiner dehors, dit-il et, sur ces mots, il écarta Zach et alla s'asseoir sur les marches.

Zach et Geoffrey échangèrent quelques propos dans la cuisine tout en préparant des tartines de confiture. Zach prit un plateau où étaient disposés le pain, la théière et les tasses et le porta près des marches. Geoffrey le suivit et s'arrêta sur le seuil. Will sentit ses oreilles devenir brûlantes quand il l'entendit s'approcher et sa main se mit à trembler. Il avait fait un croquis de Sammy près du chêne.

Geoffrey se pencha sur lui.

– Quel âge as-tu ?

– J'aurai dix ans la semaine prochaine.

Il examina le croquis de Will sans mot dire puis, après un court silence, déclara :

– Tu as un don, Will.

Le cœur de Will bondit dans sa poitrine. Il se sentait tout à la fois excité et terrifié.

– Qui t'apprend le dessin ?

– Avant, c'était Mme Hartridge, mais elle est partie. Elle a eu un bébé, vous comprenez. Il n'y a plus que Mme Black maintenant, et de temps en temps miss Thorne vient l'aider.

– Et maintenant, intervint Zach, il y a une foule de réfugiés et s'ils amènent pas des professeurs avec eux, je ne sais pas qui nous aurons.

– Vous manquez de professeurs, alors ? demanda Geoffrey qui manœuvra lentement pour descendre les marches et s'asseoir entre eux.

Will éprouvait une étrange impression à se trouver à côté de quelqu'un à qui il manquait une jambe.

– Oui, répondit Zach.

Ils se servirent des tartines et commencèrent à manger.

– Je vais voir si je peux donner des cours à votre école, dit enfin Geoffrey, heureux comme il ne l'avait pas été depuis longtemps. Je ne sais pas trop comment il faut s'y prendre, mais une fois que j'ai pris une décision, en général, elle se concrétise.

Il posa une main sur l'épaule de Will.

– Tu aimerais que je te donne des leçons particulières ?

Will crut que son cœur, cette fois, allait exploser dans sa poitrine. Il acquiesça et son visage s'éclaira d'un grand sourire.

– Youpi ! hurla Zach. Je t'ai bien dit qu'un jour tu serais célèbre. On sera peut-être tous les deux célèbres ensemble.

– Ah, oui ? fit Geoffrey, sarcastique. Et toi, comment deviendras-tu célèbre ?

– Je serai comédien et applaudi dans le monde entier, déclara Zach d'un ton grandiloquent, et il rougit aussitôt de sa propre audace.

– Pour atteindre ce but, il faudra que tu travailles vraiment dur et que tu fasses beaucoup de sacrifices.

– Moi, je tiens pas à être célèbre, dit Will. Je veux simplement dessiner et peindre. Mais je veux dessiner vraiment bien.

– Et tu es prêt à travailler pour ça ?

– Oh oui, répondit Will avec simplicité.

Geoffrey leva les yeux vers le ciel.

– Je vais mettre les rideaux et allumer le feu.

– Je vais vous aider, proposa Will.

– Moi aussi, dit Zach.

A eux trois, ils eurent bientôt allumé un feu qui crépitait dans la cheminée, projetant sa lumière chaude dans la pièce éclairée à la bougie. Geoffrey tendit à Will un disque dans sa couverture en carton. Il y avait au milieu la photo d'un chien, avec les mots : « La Voix de son Maître ». Un phonographe était posé dans un coin près du feu. Geoffrey tourna la manivelle, fit pivoter sur le côté une tête ronde métallique, en tira une aiguille et la remplaça par une neuve qu'il fixa au bout du bras incurvé. Il sortit alors le disque de sa jaquette, en le tenant par les bords, le posa sur le plateau et poussa une petite manette métallique sur le côté. Après que le disque se fut mis à tourner, il souleva le bras et posa doucement l'aiguille au bord du disque. On entendit quelques grésillements, puis la musique s'éleva.

– C'est le concerto pour violon de Brahms que vous avez entendu depuis le jardin, dit Geoffrey.

Zach se tenait à côté de Willie.

– Quand je pense que j'ai été pétrifié de terreur en l'entendant !

Ils expliquèrent alors à Geoffrey comment ils avaient baptisé sa maison et pourquoi les trois autres s'étaient enfuis.

– Je me demandais pourquoi personne ne venait jamais me déranger ici, dit Geoffrey. J'en étais d'ailleurs très content. J'avais besoin de rester seul pendant quelque temps. Je me faisais même livrer mes provisions du manoir pour ne pas avoir à me rendre au village.

– Oh, fit Will, un peu gêné.

– Vous préférez peut-être qu'on s'en aille ? ajouta Zach.

– Non. Il est temps, je crois, que je sorte de ma retraite.

Il remit l'aiguille au bord du disque, pour qu'ils puissent écouter de nouveau sans parler. Assis en tailleur devant le feu ils regardaient de minuscules flammèches s'envoler vers le haut de la cheminée tandis que les bûches crépitaient dans le foyer. Lorsque la musique se tut, Will et Zach se levèrent pour prendre congé. Ils firent leurs adieux et, après s'être faufilés de nouveau à travers la haie, ils mirent le cap sur les bois. Ils coururent tout le long de la route et s'arrêtèrent à la grille du cimetière pour bavarder.

– Dis donc, déclara Zach en se tournant, il y a une voiture devant l'église. Je me demande qui ça peut bien être.

Will haussa les épaules.

– Quelqu'un qui cherche M. Peters, peut-être, et il poussa la grille.

Zach coupa à travers le cimetière et escalada le mur.

– A demain ! cria-t-il.

Will remonta l'allée en courant, poussa la porte d'entrée et la claqua derrière lui. Il avait hâte de parler à M. Tom de Geoffrey et des cours de dessin. Il ouvrit la porte à la volée, les joues empourprées, le cœur battant, et soudain se figea sur place.

Assis dans le salon en compagnie de M. Tom se trouvaient un policier de Weirwold, le vigile de Deptford, un autre homme entre deux âges en pull-over et pantalon de velours côtelé et une femme avec un chapeau et un manteau verts.

– C'est ce garçon ? demanda le policier.

Le vigile regarda le visage bronzé et couvert de taches de rousseur de Will, ainsi que ses épais cheveux brillants et décolorés par le soleil.

Ce jeune garçon se tenait bien droit sur des jambes musclées. Il ne ressemblait en rien au Willie chétif et anémié qu'il connaissait.

Tom, près de la cuisinière, retenait Sammy.

– Vous êtes monsieur Oakley, n'est-ce pas ?

Tom acquiesça.

– Je sais que ça vous change un peu, cette barbe, mais je vous ai reconnu.

Il se tourna de nouveau vers Will.

– Mais lui, c'est pas Willie Beech, quand même ?

– William, corrigea Will.

– Oh, voilà qu'il répond, maintenant ?

La femme effleura le bras du vigile. Agée d'une trentaine d'années, elle avait un visage frais, des cheveux châtain clair, des yeux noisette pleins de douceur.

– Nous t'apportons de mauvaises nouvelles, je le crains, William, dit-elle. Au sujet de ta mère.

Il la regarda, saisi.

– Elle veut que je revienne ?

– Non.

Il eut un sourire de soulagement.

La femme observa une pause.

– William, reprit-elle, et elle hésita. Ta mère est morte. Elle a mis fin à ses jours.

Il la dévisagea, interloqué.

– Je comprends pas.

– Elle s'est suicidée.

Will continuait à la regarder, incrédule, stupéfait.

– Suicidée ? Mais... mais pourquoi ?

– Je ne sais pas. Je suppose qu'elle n'avait plus envie de vivre.

« Comment pouvait-on ne pas avoir envie de vivre, pensa Will, alors qu'il y avait tant de raisons de vivre. Les nuits pluvieuses et le vent et le clapotis de la mer et la lune. Les livres à lire, les tableaux à peindre, la musique. »

– Je viens d'un foyer de l'enfance dans le Sussex, expliqua-t-elle. C'est un orphelinat et il est situé en pleine campagne. Il y a beaucoup d'enfants là-bas et nous trouvons en général des parents adoptifs prêts à les accueillir, de jeunes parents ayant eux-mêmes des enfants, conclut-elle avec un sourire.

– Ce que veut dire cette dame, intervint le policier, c'est qu'elle est disposée à te prendre dans ce foyer.

Will enfouit ses mains tout au fond de ses poches et la regarda droit dans les yeux.

– Non, dit-il d'une voix mal assurée. Je ne veux pas ! Mon foyer, c'est ici et je reste ici.

– Voyons, voyons, petit, dit le vigile. C'est pas une façon de parler. Tu as pas tellement le choix. Ton M. Oakley n'a pas respecté la loi. Le kidnapping est un délit grave.

Will prit une profonde inspiration.

– Quand on kidnappe quelqu'un, on demande en général une rançon. Personne au monde paierait une rançon pour moi, dit-il en effleurant Tom du regard, sauf M. Tom peut-être et c'est lui qui est censé m'avoir kidnappé. Moi, je ne crois pas que j'aie été kidnappé, je crois que j'ai été sauvé.

– Ah c'est donc ce que tu penses ? demanda le vigile.

– Oui, affirma Will. C'est ce que je crois.

Et alors, oubliant tout à coup sa présence, le policier, le vigile et la dame commencèrent à discuter entre eux de son sort. Will et Tom se contentaient d'échanger des regards tandis que l'homme en pull-over et pantalon de velours, assis près de la cuisinière, tirait sur sa pipe et observait la scène sans mot dire.

– Will, déclara enfin le policier, on aimerait que tu montes un moment dans ta chambre pendant qu'on prend une décision.

Will consulta Tom du regard. Celui-ci inclina la tête et poussa Sammy dans sa direction.

– Tiens, petit, dit-il avec douceur. Il te tiendra compagnie.

Will, au désespoir, se dirigea lentement vers la porte, il se retourna tout à coup, saisi d'un brusque accès de colère.

– J'irai pas avec vous, déclara-t-il d'un ton ferme. Et même si vous m'attachez et me mettez en prison, je m'enfuirai et je reviendrai ici.

Là-dessus, il claqua la porte derrière lui et s'immobilisa, tremblant, dans l'entrée. Serrant Sammy dans ses bras il monta l'échelle jusqu'à sa chambre et s'assit sur son lit dans le noir, à la fois furieux et complètement désemparé.

– J'irai pas, chuchota-t-il à Sammy. J'irai pas. Je m'enfuirai. Oui ! Voilà ce que je ferai... Mais je peux pas aller chez Zach, marmonna-t-il. C'est le premier endroit où ils iront voir... ni chez George, ni chez les jumelles. Il faut que je trouve quelqu'un pour me cacher. Quelqu'un à qui ils ne penseront pas.

Il se creusa la cervelle, cherchant méthodiquement parmi tous les habitants du village.

– Mais oui bien sûr ! Voilà ! s'écria-t-il. Lucy ! Elle me cacherait. Elle me cacherait pendant des années, bon sang ! Elle me prend pour le soleil !

Il la voyait déjà, en adoration devant lui, lui portant en douce des tasses de thé, du pain et des restes dans le grenier à foin des Padfield.

– Sammy, chuchota-t-il d'un ton pressant, il faut que je te laisse ici, mon garçon.

Il souleva lentement la porte de la trappe, mais aperçut aussitôt le policier et le vigile dans l'entrée.

– Flûte ! marmonna-t-il en la refermant. Trop tard !

Il serra les poings et se raidit, il était prêt à se battre contre eux, maintenant. Mais en fait, il les entendit qui bavardaient aimablement à la porte d'entrée. Il colla l'oreille au plancher mais comprit seulement qu'ils allaient revenir avec des papiers.

La porte d'entrée claqua et il entendit Tom qui gravissait l'échelle.

– Ils sont partis, dit-il en soulevant la trappe. Tu peux revenir maintenant.

Il descendit, portant Sammy qui lui échappa aussitôt pour se ruer vers le vestibule en aboyant à la poursuite des étrangers.

Will, les sourcils froncés, alla se percher sur le tabouret près du fourneau.

– Non, non, je m'excuserai pas, marmonna-t-il.

Tom s'assit dans le fauteuil.

– Je suis désolé, pour ta mère.

Will oublia un instant sa colère et croisa le regard de Tom.

– Je sais pas pourquoi elle a fait ça, dit-il, complètement désorienté. C'était à cause de moi et de Trudy ?

– En partie, répondit Tom en prenant sa pipe et en la bourrant. Mais ce n'était pas de ta faute. Elle était malade. Elle ne pouvait pas faire face, tu comprends ?

– Qu'est-ce qui va m'arriver, alors ?

Tom leva vivement les yeux sur lui.

– Je t'adopte.

– Quoi ? s'exclama Will.

– Tu n'as pas d'autre famille, petit. Les autorités ont vérifié, alors je vais t'adopter. Ce type en pull-over et pantalon de velours, c'était un psychiatre lui aussi. Mais bien différent de l'autre. Il avait le sens de l'humour, lui. En tout cas il a dit que, de toute évidence, le meilleur endroit pour toi, c'était ici et que n'importe quel imbécile pouvait le constater et les autres sont tombés d'accord. Ils vont apporter les formulaires officiels et tout ça, et ils m'envoient un rapport. Si tout va bien, et je ne vois pas ce qui n'irait pas, tu seras mon fils.

– Votre fils ! s'exclama Will en sautant à bas du tabouret. Vous voulez dire… vous serez mon père ?

Tom acquiesça.

– Eh ben oui, je suppose.

Soudain la vie sembla s'illuminer à l'idée que Will allait grandir avec lui. Poussant un grand cri de joie, il se leva de son fauteuil. Will referma ses bras autour de sa taille et tous deux se mirent à danser et à gambader dans la pièce en riant tandis que Sammy tournoyait autour d'eux, essayant d'attraper sa queue et jappant comme un fou.

LE JEUDI MATIN, WILL SE LEVA PLUS TÔT QUE D'HABITUDE. IL RETROUVA ZACH DEVANT CHEZ LES LITTLE ET, ENSEMBLE, ils se dirigèrent vers le cottage des jumelles. Ginnie vint leur ouvrir, en chemise de nuit et robe de chambre. George était déjà dans la cuisine, l'air encore endormi.

– Dépêche-toi, Carrie, lança Mme Thatcher du bas des marches. Tu vas être en retard.

Zach se tenait au pied de l'étroit escalier.

– Dis donc, s'exclama-t-il quand elle apparut sur le minuscule perron, tu es magnifique !

Elle le regarda timidement et commença à descendre. Elle portait une robe chasuble bleu marine sur un corsage beige, avec une cravate bleu marine à larges rayures vertes et fines rayures rouges, des chaussettes en laine beiges et des chaussures lacées marron.

– Ça me fait tellement drôle, d'avoir une cravate, dit-elle en tirant dessus. C'est papa qui m'a montré comment la nouer.

Son père sortit de la cuisine et regarda sa fille avec fierté. Mme Thatcher, en revanche, n'était pas très enthousiaste à l'idée que Carrie aille au lycée, mais M. Thatcher encourageait vivement sa fille et avait même accepté de prendre du travail à l'extérieur pour pouvoir lui offrir un uniforme neuf.

– Elle a travaillé dur pour y arriver, avait-il déclaré. Elle va pas commencer avec des laissés-pour-compte. Faut qu'elle fasse un bon départ.

Ils entendirent une voiture s'arrêter au-dehors.

Carrie rougit d'émotion.

– Ça doit être M. Fergus ! s'exclama-t-elle.

Sa mère lui tendit un chapeau en feutre à larges bords et un blazer bleu, un peu trop grand pour elle, bordé d'une étroite ganse verte. Ses cheveux roux, encore disciplinés en deux nattes, contrastaient avec le bleu. Elle prit un cartable en cuir luisant, encore vide à l'exception de son déjeuner. Les courroies, neuves et raides, grinçaient contre les boucles.

– N'attends pas de miracles dès le premier jour, lui recommanda son père.

– Bonne chance, lui souhaita Zach avec chaleur. Je te verrai à ton retour.

– Tu es vraiment bien, dit Will. Vraiment très bien.

Carrie eut un sourire nerveux, sortit et courut vers la voiture qui attendait. Elle ouvrit la portière et s'assit à côté de M. Fergus.

Les autres, plantés devant le cottage, lui firent de grands gestes d'adieu jusqu'à ce que la voiture eût disparu.

Ginnie frissonna.

– Tu ferais bien d'aller t'habiller, lui dit sa mère.

Elle se tourna vers les garçons.

– Vous prendrez bien du thé et des tartines, je suis sûre ?

Le sourire aux lèvres, ils la suivirent dans la cuisine.

M. Thatcher était en train de fermer sa gamelle et de remplir une petite gourde de thé.

Après avoir mangé, Zach et Will partirent ensemble et se dirigèrent vers les bois. Ils avaient encore du temps devant eux avant la rentrée des classes. L'air matinal était clair et vivifiant, et les champs et les haies étincelaient de rosée. Le soleil filtrait à travers les arbres et Will et Zach passaient constamment de zones d'ombre à des taches de lumière éclatante.

Ils arrivèrent au bord de la petite rivière et l'écoutèrent clapoter doucement contre les berges.

Zach prenait appui sur une seule jambe, selon son habitude et, les mains enfouies dans ses poches, fixait l'eau d'un regard anxieux.

– Je crois que la guerre a vraiment commencé maintenant, marmonna-t-il.

– Mais les nazis ne viendront pas bombarder par ici, répliqua Will. Tu ne crois pas ? D'après M. Tom, ils se donneront pas ce mal.

Zach soupira.

– C'est pour mes parents que je m'inquiète, dit-il. Je sais qu'ils sont très occupés, mais je voudrais bien qu'ils écrivent ou qu'ils téléphonent plus souvent, que je sache s'ils vont bien. Hier soir, à la radio, ils ont parlé encore une fois d'importants bombardements.

– Ils pourraient pas venir habiter ici ?

Zach secoua la tête.

– Mon père dit que s'il ne peut pas se battre pour l'Angleterre, il veut du moins apporter son aide pour distraire les combattants et protéger les familles qui restent. C'est pour ça qu'il s'est enrôlé dans le S.A.S.P.

– Le S.A.S.P. ?

– Le Service auxiliaire des Sapeurs Pompiers. Ma mère est du même avis.

Du poing droit, il frappa la paume de sa main gauche.

– Je voudrais bien aller les voir pour être sûr qu'ils sont sains et saufs.

– Il y aura peut-être une lettre pour toi à la maison, dit Will pour l'encourager.

– Ça m'étonnerait.

Ils levèrent les yeux vers la voûte des arbres. Le soleil filtrait au travers comme des rayons X et faisait ressortir les minces nervures de chaque feuille.

Will et Zach s'attardèrent à bavarder à mi-voix, pénétrés par la paix qui émanait de la rivière, puis ils regagnèrent le village.

Ils s'arrêtèrent au passage chez les Little pour voir si du courrier n'était pas arrivé, mais il n'y en avait pas. Zach accompagna Will jusqu'au cottage du cimetière et ils emmenèrent Sammy gambader dans les prés.

Lorsque l'heure arriva de se rendre à l'école, ils avaient l'impression que l'après-midi avait déjà commencé.

Ils eurent la surprise et la joie de voir Geoffrey Sanderton assis à côté de miss Thorne, à l'avant de la classe.

– M. Sanderton et moi avons décidé de choisir comme sujet la nature, commença miss Thorne. Cela signifie que nous ferons de petites expéditions que vous préparerez vous-mêmes. Nous aimerions également que certains d'entre vous rédigent et illustrent un petit journal de la nature.

Zach eut l'air un peu déçu.

– Dans le cadre de ce projet, nous lirons également des poètes ayant chanté la nature, William Wordsworth, par exemple, ou certains des sonnets de Shakespeare.

En entendant ces mots, le visage de Zach s'épanouit.

– Je pense que ce serait une bonne idée, ajouta Geoffrey, étant donné que nous devons prendre soin d'économiser la peinture, de composer des tableaux en utilisant des feuilles de couleurs différentes, des morceaux d'écorce et tout autre matériau qui pourrait vous paraître intéressant. Ça serait peut-être amusant aussi de les illustrer par de courts poèmes.

– Une aventure épique basée sur une expédition, enchaîna miss Thorne en regardant Zach. Et, George, ajouta-t-elle en se tournant vers lui, tu vas te charger d'établir les itinéraires que nous suivrons dans la nature. Est-ce que quelqu'un...

Elle fut interrompue par un coup frappé à la porte. Geoffrey alla ouvrir. Zach tourna la tête et vit avec surprise apparaître tante Nance. Miss Thorne la prit à l'écart dans le couloir et revint aussitôt. Elle regarda Zach.

– Il faut que tu rentres chez toi, déclara-t-elle avec douceur.

Zach se sentit soudain devenir brûlant et un étrange malaise l'envahit. Il se leva sans mot dire et sortit de la classe. Will écouta ses pas s'éloigner dans le couloir. Il leva la tête vers miss Thorne qui croisa son regard et se détourna vivement.

– Alors, continua-t-elle d'un ton animé, en regardant la classe, voyons un peu si vous n'avez pas oublié l'orthographe pendant vos vacances.

Le reste de la matinée se passa à faire des additions, à distribuer des livres et à préparer la première expédition. Mais le cœur de Will était ailleurs. Dès que l'heure du déjeuner arriva, il courut jusqu'au cottage des Little et frappa à la porte de derrière.

– Entre, Will, dit Mme Little, qui était venue lui ouvrir. Zach sera content de te voir. Il est en haut en train de faire ses bagages.

– Ses bagages ? s'écria Will, saisi. Pourquoi ? Qu'est-ce qui se passe ?

– Son père a été grièvement blessé. Un des grands entrepôts sur les quais a pris feu et il est resté enseveli sous les décombres durant des heures. Il est dans un hôpital, à Londres.

Will se précipita au premier et trouva Zach agenouillé à côté d'une petite valise cabossée. Il tenait à la main une photo de son père. Lorsque Will entra, il leva la tête. Ses yeux étaient rouges et gonflés.

– Je prends le train de vendredi pour Londres, dit-il, d'une voix frémissante. Ma mère ne voulait pas, mais je l'ai suppliée de me laisser venir. Il faut que je le voie au cas... (La voix enrouée, il étouffa un sanglot) au cas où je ne le verrais jamais plus.

Will s'accroupit à côté de lui.

– Je veux que tu gardes ça, dit Zach en lui tendant son exemplaire tout écorné des œuvres de Shakespeare. Il appartenait à mon arrière-grand-père.

– Oh, Zach, protesta Will.

Mais devant l'expression peinée de Zach, il n'osa pas refuser. Il prit le livre et caressa la reliure en cuir.

– J'en prendrai grand soin.

Ils passèrent un triste après-midi ensemble. Ginnie et George vinrent après le déjeuner et Carrie arriva plus tard, mais ne put rester longtemps car elle devait se hâter de rentrer chez elle pour faire ses devoirs. Zach était au désespoir car il aurait voulu partir immédiatement. Toute cette attente ne faisait qu'aggraver son sentiment de frustration et d'impuissance.

Le lendemain matin, les Little le conduisirent à la gare de Weirwold. Sa mère avait dit que, quoi qu'il arrive, il ne devait rester à Londres que pour le week-end. Elle ne voulait pas qu'il soit blessé lui aussi et savait que son père aurait été du même avis.

Le lendemain du brusque départ de Zach coïncidait avec le dixième anniversaire de Will, le samedi 7 septembre 1940.

Will passa la matinée chez Mme Hartridge et chez les Padfield. Dans l'après-midi, il décora le cottage avec Tom. Mme Fletcher et Mme Thatcher les rejoignirent, les bras chargés de gâteaux et de biscuits faits à la maison, et tante Nance apporta de la limonade au gingembre et un paquet que Zach avait laissé à son intention.

Vers la fin de l'après-midi, le cottage était plein d'enfants; Tom, Ginnie et George organisaient les jeux. Mais le meilleur moment de la fête fut lorsque tout le monde se mit à courir autour du cottage en poussant des cris hystériques et en se cachant pour échapper à Tom qui les pourchassait en prenant des allures de monstre. Ils jouèrent aussi aux chaises musicales et au furet, mangèrent des beignets les mains attachées dans le dos, se passèrent les uns aux autres des oranges coincées sous le menton et, bien sûr, se régalèrent.

Will attendit que tout le monde soit parti pour ouvrir le paquet de Zach. Lui et Tom s'assirent pour se détendre en buvant une tasse de thé. La table était déjà couverte de livres, de friandises et de pots de peinture. Will prit le cadeau de Zach et ouvrit le paquet.

A l'intérieur se trouvait la première partie d'un poème épique intitulé *L'Ignoble Docteur Horreur*. Au bas de la page, un post-scriptum disait : « J'écrirai la deuxième partie à mon retour. »

En plus du poème, il y avait deux pinceaux neufs, un livre d'occasion sur la peinture et un croquis maladroit représentant Will en artiste peintre, vêtu d'une blouse et coiffé d'un béret, debout devant un chevalet. La toile était vierge, mais Will était couvert de peinture.

– Je vais l'accrocher à un mur de ma chambre, dit Will à haute voix, moitié pour lui-même, moitié pour Tom.

A huit heures, ils écoutèrent avec attention les nouvelles à la radio.

On annonçait que des fusées éclairantes avaient été lâchées sur Londres et que des centaines d'avions allemands avaient été repérés. Des Spitfire et des Hurricane avaient aussitôt pris l'air pour contre-attaquer. C'était un des plus longs raids massifs qu'ait connu Londres jusqu'alors. Pendant la lecture du bulletin d'information, le bombardement intensif continuait.

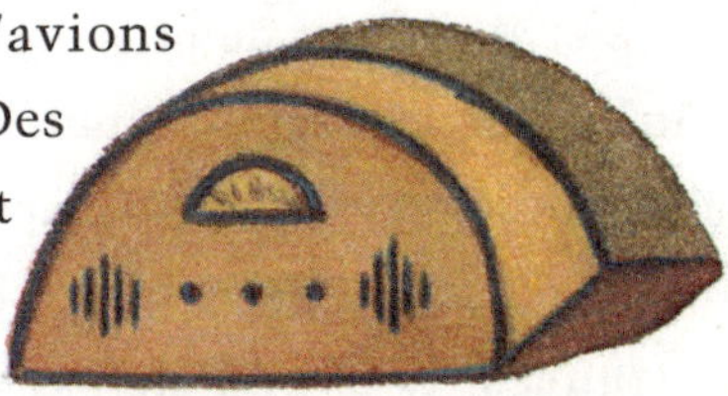

– J'espère que Zach va s'en tirer, dit Will l'air inquiet.

Tom tira sur sa pipe.

– Il est si maigre qu'il va sûrement passer entre les bombes.

– Espérons-le.

Le lendemain, pour la première fois depuis des semaines, il se mit à pleuvoir. Will se réveilla en entendant ruisseler sur le toit la pluie qui rebondissait sur le rebord de la fenêtre ouverte. Il se lava et s'habilla rapidement. Tom était déjà à l'église en train d'installer des chaises supplémentaires, car il y avait une journée nationale de prière.

A dix heures, un bulletin spécial à la radio provoqua la consternation des villageois.

« On estime, annonçait le speaker, que quatre cents personnes au moins ont été tuées durant les premières heures de l'attaque aérienne. Mille quatre cents personnes sont sérieusement blessées. Les docks de Londres sont en feu et de nombreuses maisons dans l'East End ont été rasées. »

Les Little n'avaient toujours aucune nouvelle de Zach et de sa mère et Will était de plus en plus angoissé. Il s'éveilla au petit jour, le lundi matin, sortant d'un cauchemar peuplé de salles d'amputation, de gens décapités par des bombes, de fourgonnettes portant l'inscription « Réservé aux Morts » et de blessés défigurés, couverts de sang, errant en hurlant parmi les décombres.

Tom et Will allumèrent la radio pour écouter les premiers flashes d'information. D'après les dernières nouvelles, les bombardements s'étaient poursuivis toute la nuit et des incendies faisaient rage partout dans Londres. L'usine à gaz de Becton avait été touchée. Moorgate n'était plus que ruines fumantes. Balham avait été gravement endommagé. Des bombes étaient tombées sur un quai de la gare de Victoria et aux environs du château de Windsor. Les nouvelles étaient terrifiantes.

Will se hâta vers l'école où il passa sa matinée dehors à jardiner. Dans l'après-midi, il se joignit à George, Ginnie, Lucy et Grace pour aller cueillir des mûres, et rentra au crépuscule, les joues empourprées, envahi d'une saine fatigue, pour apprendre que Douvres avait été bombardé.

Le lendemain matin en se réveillant, il entendit des voix au rez-de-chaussée. Il trouvait étrange qu'il y eût des visites si tôt à moins, bien sûr, qu'il eût dormi plus longtemps que d'habitude. Il se leva en toute hâte et dévala l'échelle. En s'approchant du salon, il reconnut les voix. C'était celles des Little. Son cœur se mit à battre plus fort. Peut-être avaient-ils des nouvelles de Zach. Il entra en trombe et ils se tournèrent vers lui. Le visage du Dr Little était grave, et tante Nance avait pleuré. Ils n'eurent pas besoin de parler. Il sut que Zach était mort. Will sentit ses jambes qui se dérobaient sous lui et il plongea dans un grand trou noir.

DURANT LES SEMAINES QUI SUIVIRENT LA NOUVELLE DE LA MORT DE ZACH, WILL VÉCUT JOUR APRÈS JOUR, PLONGÉ DANS UNE SORTE de torpeur. En apparence, il se conduisait de façon normale, aidait Tom, faisait ses devoirs. En lui-même, il se sentait trop hébété pour pouvoir pleurer.

Il évitait le plus possible le cottage des Little, et pour se rendre à l'école ou au magasin passait plutôt par l'église et la rue principale. En classe, trouvant trop douloureux d'être assis à côté d'une chaise vide, il éparpillait des feuilles de papier sur les deux bureaux comme pour nier l'absence de Zach.

Miss Thorne lui demanda de jouer dans la pièce montée pour Noël et bien qu'il eût accepté et participât aux répétitions, toute cette entreprise lui paraissait irréelle. Miss Thorne était contente de lui, mais il avait l'impression que son corps et sa voix étaient vides de toute expression.

Même durant les cours de dessin et de peinture, il restait assis, fixant d'un œil morne la feuille blanche posée devant lui, à court d'inspiration. Ses leçons particulières avec Geoffrey Sanderton se passaient tout aussi mal.

– Je suis complètement vidé, ne cessait-il de répéter, car il se sentait amputé de la moitié de lui-même.

La vie sans Zach n'était plus qu'une demi-vie, et cette demi-vie elle-même n'avait aucun sens.

La plupart du temps, Geoffrey lui faisait dessiner des natures mortes et, durant plusieurs heures, Will pouvait oublier la douleur sourde qui le rongeait et se concentrer sur les formes d'une coupe de fruits, la couleur d'une fleur ou les reflets de la lumière sur une bouteille et une bottine.

Mais quand il repartait de la maison des Fantômes, le même désespoir morne s'emparait de lui et toutes ses activités lui paraissaient dénuées de signification.

Quatre mois passèrent ainsi. Avec le rationnement croissant, Noël fut plus austère, mais Will n'y prêta même pas attention. Pour lui, c'était encore l'abondance. Il improvisa avec Tom des jouets dans des chutes de bois qu'ils peignirent ensuite et Ginnie et George vinrent les aider.

Depuis le mois de septembre, avec le blitz continuel auquel était soumis Londres, le nombre de réfugiés affluant au village augmentait de semaine en semaine. Beaucoup d'entre eux n'avaient même plus de foyer à Londres où retourner. Plusieurs parents vinrent à Little Weirwold pour Noël afin de passer les fêtes avec leurs enfants. Tom et Will décidèrent de fabriquer des jouets pour ceux qui se retrouvaient orphelins et pour ceux, nombreux, qui étaient si pauvres que de toute façon ils n'auraient pas reçu de cadeaux. Will accueillait avec satisfaction toute occupation qui l'empêchait de penser à Zach. Il était resté d'un naturel silencieux et, en dehors des répétitions, il se repliait complètement sur lui-même. Tom se comportait comme à l'accoutumée, attendant le moment où Will pourrait enfin accepter et pleurer la mort de son ami.

Carrie avait terminé son premier trimestre au lycée. Elle rentrait à la maison bien après la nuit tombée et, après avoir dîné, elle se mettait aussitôt à faire ses devoirs avant d'aller se coucher. Elle se levait de bonne heure pour apprendre les déclinaisons latines ou les verbes français, avant de partir pour l'école. On ne la voyait guère sauf pendant les week-ends et durant les vacances de Noël. Zach lui manquait terriblement car il avait été l'une des rares personnes avec qui elle ne se sentait pas différente des autres. Elle n'osait pas mettre ses parents au courant des aspects déplaisants de sa vie de lycéenne, car elle savait que sa mère se montrait toujours réticente et que son père avait travaillé dur pour lui payer son uniforme et sa tenue de sport. Elle lui en serait éternellement reconnaissante et cette idée l'aidait à mieux supporter les difficultés auxquelles elle se heurtait. Ce qui l'embarrassait le plus, c'était sa façon de parler. La plupart des filles du lycée s'exprimaient dans un langage choisi et d'une voix étudiée, à la façon des speakers de la B.B.C. ou de Zach. Leurs parents payaient les études, alors qu'elle n'était qu'une pauvre boursière, affligée d'un accent que les autres tournaient en ridicule ou ne comprenaient pas. Ginnie lui avait dit qu'elle commençait à parler de façon snob et sa mère passait son temps à lui recommander de ne pas laisser « cette école » lui monter à la tête. Ce n'était pas à dessein qu'elle parlait différemment, mais durant la journée, elle se trouvait en compagnie de professeurs et de filles qui ne s'exprimaient pas comme les gens de Little Weirwold. Elle commençait à avoir l'impression qu'elle n'était à sa place ni à Little Weirwold, ni au collège. Elle se réjouissait en fait d'être surchargée de travail à l'école et sa solitude l'incitait à étudier davantage encore.

Plusieurs fois, elle était venue voir Will, mais dès qu'elle prononçait le nom de Zach, il changeait aussitôt de sujet. Et pour elle qui désirait tant parler de l'ami disparu, ce refus ne faisait qu'ajouter à sa solitude.

Par un froid après-midi de janvier, néanmoins, un événement inattendu amena Will à admettre enfin la mort de Zach.

Il gelait à pierre fendre ce jour-là, et bien que Will portât un épais manteau, une écharpe et un passe-montagne, il se sentait glacé jusqu'aux os. Il laissa le portail du cimetière se rabattre bruyamment derrière lui et se mit en route pour la maison des Fantômes, coupant comme d'habitude à travers champs du côté du manoir. Il évitait toujours de reprendre le chemin que Zach et lui avaient emprunté lors de leur dernière matinée passée ensemble.

Le sol même semblait gelé. Les sillons durcis dans les champs étaient aussi figés que de la tôle ondulée et les quelques touffes d'herbe qui avaient survécu, raidies par la gelée blanche, craquaient sous ses pas.

Il parvint enfin au trou dans la haie par où on arrivait chez Geoffrey Sanderton, traversa le jardin en friche et frappa à la porte. Il leva alors les yeux vers les arbres maintenant dénudés, souffla dans ses mains et tapa des pieds pour les réchauffer. Il était en train de penser que les arbres semblaient vraiment vulnérables lorsque Geoffrey vint lui ouvrir.

– Bonjour, dit-il gaiement. Je viens de mettre la bouilloire sur le feu. Pose ton manteau sur le fauteuil et viens te chauffer.

Will enleva avec plaisir son lourd manteau d'hiver et se pelotonna au fond d'un fauteuil près du foyer.

– Dégourdis-toi les doigts, d'abord, lui cria Geoffrey depuis la cuisine. Ne les expose pas directement au feu.

Mais cette recommandation était bien inutile. Will se rappelait l'hiver dernier, quand il avait tenu ses mains glacées au-dessus du fourneau et combien cette brusque transition du froid au chaud avait été douloureuse. Geoffrey entra en boitillant, portant le plateau de thé. Depuis qu'il avait une jambe de bois, il avait renoncé à ses béquilles et s'appuyait maintenant sur une magnifique canne d'ébène à pommeau d'argent sculpté que lui avait donnée Emilia Thorne.

La maison avait bien changé depuis la première visite de Will. Geoffrey et Emilia Thorne avaient immédiatement sympathisé et, à eux deux, ils avaient lessivé et peint les murs, installé des étagères, disposé quelques meubles et des plantes vertes.

– Alors, qu'est-ce que tu vas me montrer ? demanda Geoffrey en s'asseyant près de lui à côté du feu.

Will, l'air honteux, baissa les yeux vers le tapis. Il ouvrit un carton à dessins et en sortit un croquis représentant un os à demi rongé dans une pantoufle de Tom. Geoffrey l'étudia avec attention. Will évita de croiser son regard.

Ils burent leur thé, puis Geoffrey posa la théière sur le manteau de la cheminée, au-dessus du feu. A côté, il plaça la photo de deux jeunes gens qui se tenaient, l'air rieur, par les épaules. Il disposa sa pipe devant la photo.

– Voilà ce que tu vas dessiner cet après-midi.

Will reconnut Geoffrey dans l'un des deux jeunes gens.

– Qui c'est, l'autre ? demanda-t-il. C'est votre frère ?

– Mon meilleur ami, répondit Geoffrey. Tué au combat. Bourré de talent. Un sculpteur de génie.

– Oh, fit Will à mi-voix.

– C'est sa pipe, en fait.

– Vous vous servez de sa pipe ?

– Oui. Je sais qu'il aurait aimé qu'elle me revienne.

– Chaque fois que je la fume, j'ai l'impression qu'il est encore vivant. Tu peux comprendre cela ?

Will ne pouvait pas, et n'en avait pas envie. Il trouvait déjà assez pénible d'avoir en sa possession le vieux Shakespeare de

Zach. Il avait enveloppé le volume et l'avait donné à Tom en lui demandant de le ranger dans son placard avec le dessin humoristique que Zach avait fait de lui.

Il se mit immédiatement au travail. En général, il réussissait à se laisser complètement absorber par les objets qu'il dessinait, mais chaque fois qu'il levait les yeux vers le jeune homme rieur de la photo et vers la pipe, il se sentait troublé. Ce n'étaient plus des objets inanimés. Ils paraissaient vivants. Il commença à se demander si les deux hommes s'étaient servis de cette même théière pour boire un thé ensemble.

Il s'efforçait de garder un tracé précis et régulier, mais sa main tremblait.

Brusquement, il revit Zach sur sa bicyclette bicolore, en train de chanter puis de lâcher son guidon en criant : « Regarde, sans les mains ! » pour s'écrouler aussitôt après dans une haie, et il se souvenait du visage souriant et tout égratigné de son ami levé vers lui.

Il resta assis, trois heures durant, devant sa feuille, mais la majeure partie du temps il fixait la fenêtre d'un air morne et regardait le ciel s'assombrir. Geoffrey accrocha les rideaux noirs et alluma la lampe à gaz.

– Il est temps de t'arrêter, dit-il, en regardant par-dessus l'épaule de Will.

– Je suis désolé, murmura Will. Je n'arrive pas à...

Il laissa sa phrase en suspens.

– Assieds-toi près du feu, je vais faire des toasts.

Will, un peu réconforté à cette idée, s'installa dans le fauteuil.

Tandis qu'il fixait le feu d'un regard rêveur, il entendit un petit déclic. Geoffrey avait ouvert le phonographe et le remontait.

– Qu'est-ce que vous faites ?

– Je mets un peu de musique.

Le disque grésilla pendant que l'aiguille tournait sur le bord noir, puis la musique s'éleva.

C'était celle-là même que Zach et lui avaient écoutée lors de leur première visite, lorsqu'ils s'étaient assis dans la pièce en désordre, éclairée à la bougie.

Will aurait voulu que Geoffrey arrête le disque. Mais il n'osait ni parler ni le regarder de peur de s'effondrer et il se remit à regarder fixement le feu.

Et soudain, il eut l'impression qu'il n'était plus tout seul à contempler les flammes, mais que Zach était à son côté. Zach, débordant d'excitation et mû par une irrésistible envie de danser au son de la musique, alors que lui-même se sentait tout simplement heureux de l'écouter. C'était une impression troublante. Il aperçut la photo sur le manteau de la cheminée et elle lui rappela un instantané que Mme Clarence avait pris de lui et de Zach à Salt-on-the-Mouth.

Dès que le disque fut terminé et que l'aiguille se mit à tourner paresseusement au centre, il se leva avec détermination et empoigna son passe-montagne et son manteau.

– Faut que je parte, je dois rentrer, parvint-il à dire d'une voix étranglée.

Geoffrey l'accompagna à la porte et pressa doucement son épaule.

– Mieux vaut accepter, dit-il d'une voix grave, plutôt que de prétendre qu'il n'a jamais existé.

Will ne voulait pas l'écouter. Les yeux brouillés de larmes, le corps douloureux, il sortit en titubant dans l'obscurité. Au lieu de franchir le trou dans la haie, il s'en éloigna et partit aveuglément en direction des bois et de la rivière.

Trébuchant et tombant parmi les racines des arbres, il s'écorchait le visage aux branches invisibles dans la nuit noire. Une chouette dérangée poussa un ululement aigu et s'envola au-dessus de sa tête, mais il l'entendit à peine.

Il arriva enfin au bord de la rivière et s'immobilisa pour fixer la surface luisante de l'eau, le cœur cognant dans sa poitrine, le ventre douloureux. Il sentait de nouveau la présence de Zach à son côté, Zach qui regardait le ciel étoilé et improvisait des vers étranges.

– Non, non, murmura-t-il en secouant fiévreusement la tête, tu n'es pas là; tu ne seras plus jamais là.

Ravalant un sanglot de colère, il saisit une branche et se mit à en marteler un tronc d'arbre jusqu'à ce qu'elle se brise. Avec frénésie, il ramassa toutes celles qu'il trouva et les fracassa pour en jeter ensuite les débris dans la rivière sans se soucier de blesser, peut-être, un animal en hibernation. Il se sentait à tel point brisé de chagrin que plus rien ne comptait pour lui. Il était furieux que Zach soit mort, furieux qu'il soit parti et l'ait abandonné.

Avec une force décuplée par la rage, il déracina un minuscule arbuste pourrissant et le projeta à terre avec violence. Reprenant un instant son souffle, il se raidit et regarda le ciel à travers les branches.

– Je te hais, Dieu ! Je te hais ! Est-ce que tu m'entends ? Je te hais ! Je te hais ! Je te hais !

Il resta là à crier et à insulter le ciel puis il s'écroula, épuisé, sanglotant sur le sol.

Combien de temps avait-il dormi, assommé, couché par terre ? Un an, lui semblait-il. Avec lenteur, il se remit sur pieds, engourdi et frissonnant. Il remonta la berge et s'en alla en trébuchant à travers bois.

Tom l'attendait au portail. Il s'apprêtait à lui accorder encore cinq minutes avant de partir à sa recherche en direction de la maison des Fantômes lorsqu'il entendit des pas légers le long de la route. Plissant les yeux dans l'obscurité, il distingua une touffe de cheveux blonds s'échappant du passe-montagne de Will. Le visage couvert de terre, barbouillé de larmes, il avait les yeux gonflés et les lèvres bouffies.

– Entre, dit-il, rompant le silence et posant un bras sur les épaules de Will pour l'entraîner vers le cottage.

Au moment où il ouvrait la porte d'entrée, Will se tourna vivement vers lui.

– Excuse-moi, papa, dit-il. Je pensais pas que tu te ferais du souci. Il fallait que je sois un peu seul, tu comprends. Il le fallait. Je n'ai pas pensé à toi. Pardonne-moi.

– Tu es rentré maintenant, dit Tom. Tu as l'air épuisé. Tu ferais bien d'aller te laver et de te coucher.

Ce fut seulement lorsque Will fut endormi et que Tom se retrouva lui-même dans son lit qu'il ressentit dans toute sa plénitude l'impact des mots prononcés par Will.

– Il m'a appelé papa, chuchota-t-il dans le noir. Il m'a appelé papa.

Et, bien qu'il se sentît envahi d'une joie profonde, des larmes silencieuses coulèrent sur ses joues.

– Will ! s'écria tante Nance en ouvrant la porte de derrière.

Elle demeura un instant sans voix.

– Entre ! Entre donc !

Will avança dans la cuisine.

– Tu veux du nectar ? demanda-t-elle.

Elle s'interrompit. C'était ainsi que Zach désignait le jus de cassis chaud.

– Oui, s'il vous plaît, répondit Will qui s'assit et la regarda le préparer.

– Tes visites nous ont manqué, dit-elle en le servant et en s'asseyant devant la table.

Elle alluma religieusement une cigarette comme si c'était la dernière qui restait dans toute l'Angleterre, aspira profondément la fumée et fut prise d'une violente quinte de toux.

– Je n'ai pas touché à la chambre de Zach, dit-elle lorsqu'elle fut remise.

Will inclina la tête et souffla sur sa tasse.

– Le Dr Little et moi, nous n'avons rien voulu changer avant que tu sois... avant de t'avoir demandé. D'accord ?

Will leva la tête et sourit.

– Oui.

– Bien, dit-elle et elle se pencha en arrière sur son siège, soulagée.

– Est-ce que je peux me servir de sa bicyclette ?

Mme Little n'était pas sûre d'avoir bien entendu.

– Quoi ? fit-elle. Qu'est-ce que tu as dit ?

– Est-ce que je peux me servir de sa bicyclette ?

– Celle de Zach ?

– Oui.

– Si tu veux.

Elle l'observa un moment.

– Il va falloir que tu baisses la selle, sans doute.

– Oui. Bien sûr.

– Je ne savais pas que tu faisais de la bicyclette.

– Je ne sais pas encore... Mais je vais apprendre.

– Elle est dans l'abri. Elle a sans doute besoin d'être graissée et regonflée.

– Vous avez une burette d'huile ?

– Oui. Et il y a une pompe fixée au cadre.

Elle se leva et alla ouvrir la porte donnant sur un débarras.

Dans une grande caisse sous une étagère se trouvaient empilés quantité d'outils parmi des bouts de ficelle. Mme Little se pencha et fouilla un instant à l'intérieur.

– Voilà ! s'exclama-t-elle en brandissant une clef à molette. Je vais te baisser la selle.

– Non, dit Will en se levant. Je veux le faire moi-même.

– Tu es sûr ?

– Oui.

– Ecoute-moi, tu fais le travail salissant et moi je tiens le vélo.

Il allait refuser mais se ravisa.

– Ça marche, dit-il et il rougit, car c'était là une des expressions favorites de Zach.

Ils sortirent de l'abri la bicyclette couverte de poussière et tout humide, l'essuyèrent avec un vieux chiffon sec, la graissèrent et remirent dans l'axe la roue arrière qui frottait contre le cadre. La chaîne, décrochée, pendait contre le pédalier. Will, avec des gestes calmes et précis, la remit en place. Une des chambres à air était percée. Avec l'aide de tante Nance et en se servant de la trousse de Zach, il répara la crevaison. Il essuya les garde-boue, gratta la rouille sur le guidon. Il éprouvait un étrange sentiment à travailler ainsi sur cette bicyclette ; c'était comme s'il sentait la présence de son ami.

Il contourna le cottage et traversa les hautes herbes en poussant le vélo devant lui. Il était en train de batailler avec le portail lorsque Mme Little arriva en courant, portant un petit sac en toile qui avait appartenu à Zach.

– Je t'ai fait des tartines, dit-elle, tout essoufflée. Et j'ai mis une bouteille de limonade.

Il posa sur le sac un regard incertain.

– Merci, dit-il enfin.

Prenant le sac, il le passa par-dessus sa tête pour le laisser pendre dans son dos. Mme Little lui ouvrit le portail et le regarda pousser la bicyclette dans la ruelle.

Comme il approchait des cottages, Will sentit ses oreilles devenir brûlantes. Il tourna à gauche et évita de regarder autour de lui, craignant d'être vu. Pour la première fois de sa vie, il faisait l'école buissonnière. Il ne remarqua pas Emilia Thorne debout à une fenêtre de l'école, qui l'observait sans mot dire.

Will poursuivit son chemin jusqu'à ce qu'il fût hors de vue des cottages et lorsqu'il eut trouvé un bout de route assez lisse et bien droit, il passa une jambe par-dessus la selle, s'assit et demeura un instant immobile. Il plaça ensuite le bout d'une de ses bottines sur une des pédales. Serrant les dents et prenant une profonde inspiration, il appuya sur la pédale et fit une embardée. La bicyclette vira d'un côté et fonça sur une haie toute proche. Il se releva, le genou écorché sur la route inégale. Il remontait obstinément et chacune de ses chutes ne faisait qu'augmenter sa détermination.

Malgré la gelée blanche qui recouvrait les haies et les champs alentour, il était en nage et il enleva bien vite son manteau qu'il accrocha à la branche d'un arbre à proximité.

Il parvenait maintenant à faire plusieurs mètres avant de

perdre de nouveau l'équilibre et de s'écrouler dans un tas de ronces. Il entendait dans sa tête la voix de son père qui lui répétait sans cesse : « T'énerve pas. Chaque chose en son temps. » Mais il se sentait frustré, impatient, peut-être parce que c'était la bicyclette de Zach, avec ses couleurs si vives. Il voulait apprendre tout de suite. Quand il réussit enfin à rouler sur une distance raisonnable, il s'octroya en récompense les tartines à la gelée de cassis de tante Nance et la limonade. Son visage ruisselait de sueur et l'air froid de janvier glaçait son buste sous sa chemise et son pull-over trempés. Il accrocha le sac à une branche et s'élança de nouveau. Cette pause avait été bénéfique car cette fois il eut l'impression que c'était plus facile et qu'il avait moins d'efforts à faire.

Petit à petit, il prit confiance. Il remit son manteau, le laissant déboutonné et passa le sac en bandoulière. Il comprenait maintenant pourquoi Zach aimait tant rouler à bicyclette. Une fois qu'on avait maîtrisé la technique, on éprouvait un merveilleux sentiment de liberté.

Il roulait, les pans de son manteau voletant derrière lui, le visage fouetté par le vent froid, lorsqu'il eut soudain la sensation que Zach n'était plus à côté de lui, mais à l'intérieur de lui-même et bien vivant. Une sensation d'enivrement l'envahit, le sortant de la léthargie dans laquelle il était tombé.

– Hourra ! Youpi ! hurla-t-il.

La bicyclette tressautait sur la petite route cahoteuse et le secouait si fort qu'il avait envie de rire.

– Youpi ! cria-t-il de nouveau, manœuvrant avec une dextérité toute nouvelle son éclatante machine pour amorcer un virage.

Il dut s'arrêter soudain. Ses forces l'abandonnèrent dans une côte trop raide car ses jambes n'étaient pas encore assez musclées. Il poussa la bicyclette jusqu'au sommet de la côte. C'était merveilleux de se trouver sur une hauteur, la bicyclette appuyée doucement contre soi. Il laissa errer son regard sur le paysage en contrebas, sur les champs, les bois, les petits ruisseaux glacés. Le ciel était pâle et sans nuages. Le soleil filtrait entre les branches noires des arbres. Il respira à pleins poumons.

– Zach n'est pas mort, murmura-t-il. Pas vraiment. Pas son esprit... Il contempla d'un regard heureux les champs devant lui.

– Personne ne peut m'enlever mes souvenirs et je peux lui parler chaque fois que je le veux.

Il regarda le soleil descendre lentement vers la base des arbres.

– Alors, Zach, dit-il à haute voix, qu'est-ce qu'on fait maintenant ?

« Je rentrerai tranquillement, sans me presser, se répondit-il à lui-même, et je passerai voir Annie Hartridge. »

– Quelle bonne idée, dit Will.

« Et, dis-moi, poursuivit un Zach imaginaire, tu t'es drôlement bien débrouillé, pour apprendre à monter sur ma bicyclette », et Will se donna une petite tape amicale dans le dos.

Il tourna la bicyclette et redescendit la côte, contrôlant sa vitesse avec ses freins. Après son petit arrêt en haut de la colline, il prenait encore plus de plaisir à rouler. Il se sentait plus détendu et en paix avec lui-même.

Au détour d'un virage, il aperçut le cottage d'Annie Hartridge. Il poussa la bicyclette jusqu'à sa porte et l'appuya contre le mur.

« Je vais frapper », se dit Will en soulevant le marteau en cuivre et en le rabattant avec vigueur contre la porte.

Annie ouvrit, un télégramme à la main. Elle pleurait.

– Oh, bonjour, Will, dit-elle, riant à demi. Entre, entre, et elle referma la porte derrière lui. Je viens d'apprendre une nouvelle extraordinaire. M. Hartridge est vivant. Il est prisonnier dans un camp en Allemagne. Nous pouvons nous écrire et je peux lui envoyer des colis de la Croix-Rouge, des colis de nourriture. Oh Will ! je suis si heureuse. Je ne peux pas y croire. Je vais aller lui écrire tout de suite.

Elle remarqua alors le visage barbouillé de Will et l'examina de la tête aux pieds.

– Mais qu'est-ce que tu as fabriqué ? Tu es couvert d'écorchures.

– J'ai appris à monter sur la bicyclette de Zach, répondit-il, l'air absent.

Annie demeura un instant sans voix.

– Et tu as réussi à garder ton équilibre ? demanda-t-elle enfin.

– Mais oui, finalement, répondit-il en enfouissant les mains dans ses poches et en prenant appui sur une jambe.

– Mais, écoute, tu... commença-t-elle mais elle s'interrompit.

Elle s'apprêtait à dire qu'il ressemblait à Zach et qu'il parlait comme lui. Il avait un petit air dégagé, bien inhabituel chez lui.

Durant les semaines qui suivirent, tout le monde, et surtout Emilia Thorne, remarqua chez Will un changement spectaculaire. Miss Thorne avait décidé de monter sa propre version de *Peter Pan*. Elle choisit Will pour jouer le rôle de Peter Pan mais, à sa grande surprise, il se leva, dans la salle des fêtes, et devant tout le monde déclara :

– Je voudrais jouer le rôle du capitaine Crochet, je peux ?

Will étonna tout le monde, y compris miss Thorne, durant les répétitions. A l'insu des autres, quand il répétait son texte dans sa chambre, il mettait un coussin devant lui et disait : « Zach, comment est-ce que je devrais dire ça ? » ou encore : « A ton avis, qu'est-ce qu'il ressent, Crochet, quand le crocodile apparaît pour la troisième fois ? »

Il s'asseyait alors sur le coussin et non seulement répondait à ses propres questions comme s'il était Zach, mais encore lui récitait son texte.

La pièce eut un grand succès. Will fit rire les spectateurs aux larmes en mimant les crises de fureur de Crochet et ses fuites apeurées devant le crocodile. La salle, de toute évidence, adorait Will et quand plusieurs enfants le poussèrent en avant pour qu'il salue séparément, il eut droit à une véritable ovation.

Tom était très fier de lui ; il l'était d'ailleurs depuis longtemps déjà. Il le retrouva au-dehors à la petite porte qui donnait accès aux loges derrière la scène, et ils regagnèrent le cottage du cimetière en bavardant avec animation tout le long du chemin.

Etendu dans son lit ce soir-là, Will éprouvait une tristesse lancinante, malgré tous les applaudissements auxquels il avait eu droit. Il était triste que Zach n'ait pas été là pour partager son succès. Il se rendait compte maintenant que le Zach à qui il avait parlé depuis quelques semaines était un être issu de son imagination et de ses souvenirs. C'était simplement que son côté « Zach », son côté direct, effronté, avait été enfoui tout au fond de lui et c'était son amitié avec Zach qui avait fait remonter ces traits de caractère à la surface.

Il se pelotonna sous ses couvertures et était sur le point de s'endormir quand, soudain, il sursauta.

« Je ne suis plus la moitié d'une personne, songea-t-il. Je suis un tout. Je peux vivre sans Zach, bien qu'il me manque toujours. »

Il se retourna et écouta le vent qui gémissait dans le cimetière. Il était bien au chaud et heureux. Il soupira. C'était bon d'être vivant.

ACCROUPI, UN DÉPLANTOIR À LA MAIN, WILL CONSIDÉRAIT LE JARDIN MAINTENANT TRANSFORMÉ EN POTAGER. DEPUIS LA CAMPAGNE « Récoltez pour la Victoire », Tom et lui avaient arraché toutes les fleurs et semé des légumes dans tous les espaces disponibles. C'était bien dommage, en fait. Les fleurs avaient des couleurs si éclatantes. Il ne restait plus maintenant que des sillons bien alignés d'où pointaient des touffes de verdure.

Il remonta ses manches. Il portait le vieux pull-over rouge de Zach, rapiécé de toutes parts. Appuyant d'un pied ferme sur sa bêche, il commença à creuser une petite tranchée.

Lorsqu'il eut ameubli la terre, il mit au jour plusieurs vers et les regarda s'éloigner en se tortillant en direction du carré de choux.

Will s'assit sur ses talons, prit une poignée de graines dans un sachet et les disposa une à une avec soin dans le sillon. Il était si absorbé par sa tâche qu'il ne prêta pas attention aux pas qui approchaient et ne leva la tête que lorsqu'il entendit le portail grincer. Carrie accourait dans l'allée, le visage empourpré.

– Tu les as eus ? demanda-t-elle, tout essoufflée.

Il acquiesça.

– Ils sont dans ma chambre. Tu les veux maintenant ?

Elle jeta un coup d'œil aux mains terreuses de Will.

– Je peux aller les chercher moi-même. Tu en as pour longtemps, avec ça ?

– Encore deux rangées. Ensuite j'ai fini.

– On pourrait pas aller à la rivière ?

Will eut l'air surpris.

– Tu as fini toutes tes corvées ?

Elle secoua la tête et sourit.

– J'ai filé par la fenêtre. C'était le seul moyen. Dès que j'ai fini de rendre un service, elle me trouve autre chose à faire. Si elle me voit simplement avec un livre, elle m'attrape.

– Je croyais qu'elle avait un peu compris.

– Oui, c'est vrai, mais quand même, pour elle, lire un livre, c'est perdre son temps.

Elle s'accroupit à côté de lui et plongea dans ses yeux un regard intense.

– Si je ne lis pas un livre bientôt, je crois que je vais exploser !

Will se mit à rire.

– Eh bien, n'explose pas sur mes plantations.

– Tu n'as pas un autre déplantoir ? Je pourrais t'aider, ça nous permettrait de filer en vitesse. Si elle me trouve ici, il va falloir que je rentre à la maison.

– Non, j'en ai pas. Ecoute, monte dans ma chambre. Si elle passe, elle verra bien que je suis tout seul. On pourra même prendre le tandem pour aller à la rivière. Je baisserai la deuxième selle.

Les yeux de Carrie étincelèrent.

– Youpi ! dit-elle et, se relevant d'un bond, elle fit quelques pas en direction du cottage.

– Oh ! s'écria-t-elle découragée, en se retournant tout à coup, je ne peux pas monter à bicyclette avec ça sur le dos !

Et elle tira sur la robe en lainage vert pâle qu'elle portait.

– Le cadre va la retrousser, non ?

Will fronça les sourcils un instant, puis eut une idée.

– Tu peux mettre une de mes culottes.

Carrie eut l'air sceptique. Will avait une tête de moins qu'elle.

– Ou une culotte de Zach, elle t'irait.

– Je n'oserais pas, dit-elle, néanmoins tout excitée à cette perspective.

Elle demandait à sa mère depuis des siècles la permission de porter des shorts mais s'était entendu répondre qu'elle aurait l'air d'un garçon dans ce genre de tenue et qu'aucun homme ne voudrait l'épouser plus tard. Son père avait dit qu'il n'y voyait pas d'objection, mais il l'avait déjà soutenue quand elle avait voulu aller au lycée et ne tenait pas à provoquer d'autres conflits.

– Pourquoi pas ? dit Will.

– Tu penses pas que j'aurai l'air d'un garçon avec une culotte courte ?

Will leva la tête vers elle. Les cheveux de Carrie bouclaient autour de son front et de ses oreilles. Au-dessus de ses joues constellées de taches de rousseur, ses yeux d'opale le regardaient avec anxiété.

– Carrie, tu ne ressembles absolument pas à un garçon et d'ailleurs, quelle importance ?

– Oui, et de toute façon, dit-elle soudain horrifiée à cette perspective, je ne veux pas me marier. Tu te rends compte, être obligée de faire le ménage, tous les jours ? Beuh…

Là-dessus, elle fit volte-face et courut vers le cottage.

Will la trouva étalée sur son lit, plongée dans un livre. Elle sursauta, leva sur lui un regard coupable et, d'instinct, elle rabattit brusquement la couverture du livre, puis elle éclata de rire.

– J'ai cru que c'était maman !

Will se dirigea dans un coin vers une caisse où étaient soigneusement pliés et rangés plusieurs des vieux vêtements de Zach. Il en sortit une culotte en velours côtelé rouge avec un fond rapiécé et en dénicha une autre vert bouteille qui semblait un peu moins élimée.

– Attrape, dit-il en la lançant à Carrie avec une paire de bretelles.

– Il me faut une chemise, dit-elle en allant le rejoindre près de la caisse.

Elle sortit du tas une chemise blanche en coton qui semblait assez large.

– Tu ferais bien de mettre ça aussi, dit Will en prenant le pull-over bariolé de Zach.

– Oh, je ne pourrai pas !

– Pourquoi ?

– Eh bien, il est un peu voyant, tu ne penses pas ?

– Zach serait drôlement content si tu le portais. Tu le sais bien.

Elle acquiesça et sentit les larmes lui monter aux yeux. Will, anxieux, l'observait.

– Ne t'inquiète pas, je ne vais pas me mettre à pleurnicher... dit-elle en prenant la culotte et en l'enfilant. Elle me va très bien, un peu grande à la taille, ajouta-t-elle en tirant sur la ceinture, mais avec les bretelles ça ira.

Elle déboutonna alors sa robe, dégagea ses chevilles, puis enleva son jupon en le passant par-dessus la tête. Will boutonna les bretelles sur la culotte. Il fut surpris de voir deux légers renflements qui pointaient doucement sous son corsage. Il avait envie de toucher ses bras, mais recula vivement.

– Voilà, dit-il, et il se surprit à rire aux éclats sans aucune raison.

Carrie enfila la chemise, en glissa les pans dans sa culotte et passa les bretelles sur ses épaules. Puis, levant les bras et les jambes, elle se mit à gambader dans la pièce.

– C'est tellement confortable, dit-elle en bondissant au pied du lit.

Will sortit quatre livres de son sac à dos.

– Ah, voilà où ils étaient ! s'écria-t-elle.

– Je n'ai pas pu avoir *Nous ne voulions pas prendre la mer*, mais je l'ai fait mettre de côté pour toi. Alors je t'ai choisi celui-là à la place.

Elle le lui prit des mains.

– *Derrière le vent du Nord*, de George MacDonald. Connais pas.

Elle en feuilleta quelques pages, puis commença à lire le premier chapitre.

– Ça n'a pas l'air mal. Tu as les autres, non ?

– Oui. Les voilà, répondit-il en les lui tendant. *La Petite Princesse*, *David Copperfield* et *Black Beauty*.

– Youpi !

– Ne commence pas à lire maintenant, sinon on n'ira jamais à la rivière.

Carrie eut l'air déçue.

– Bon, prends-en un et moi j'emporterai mon carnet de croquis.

Il vida le sac à dos et y glissa le carnet et un morceau de bâche.

Carrie hésitait, ne sachant quel livre emporter. Elle opta finalement pour *Derrière le vent du Nord*. Ensuite, elle enfila le pull-over bariolé de Zach et Will accrocha le sac à dos à ses épaules.

– Je passe devant... voir si la voie est libre, chuchota-t-il.

Carrie se plaqua une main sur la bouche pour réprimer une brusque envie de rire. Puis elle s'accroupit à côté de la trappe ouverte pendant que Will descendait rapidement et sortait par la porte du fond. Il réapparut aussitôt.

– Flûte ! murmura-t-il. Il va falloir que tu tiennes le vélo pendant que je baisse la selle.

Carrie le suivit à pas de loup dans le jardin de derrière. Elle maintint le tandem d'une main ferme pendant que Will s'escrimait avec la clef à molette. Elle commençait à s'inquiéter et sentait son cœur battre. Quel drame si sa mère l'avait surprise en cet instant !

– Voilà, dit-il enfin en examinant la selle et en remettant la clef dans la sacoche arrière. Allons-y.

Ils poussèrent le tandem jusqu'à la grille et tournèrent deux fois à droite de façon à se retrouver le long du mur du cimetière. Will, souriant, se retourna vers Carrie qui se tenait à hauteur de la seconde selle. Il lui fit signe de se baisser. Restant accroupis, à l'abri de regards éventuels, ils gagnèrent la route. Il lui fit signe de se mettre en selle.

– Allez, monte, vite !

– Si quelqu'un me voit maintenant, gloussa-t-elle, tout le village sera vite au courant.

Carrie passa sa jambe par-dessus la barre et s'assit, les pieds confortablement posés sur les pédales. Will en fit autant et ils s'élancèrent.

Ils roulèrent sans croiser personne jusqu'au cottage d'Annie Hartridge, qui se trouvait dans le jardin avec le bébé.

Elle regarda Carrie avec stupeur et, la laissant bouche bée, ils pédalèrent de plus belle, éclatant de rire, pour s'éloigner le long de la route.

Ils s'arrêtèrent près d'une haie en lisière des bois, se faufilèrent avec le tandem à travers une brèche jusqu'au bas d'un talus.

– On peut la laisser là, dit Will en l'appuyant contre un grand chêne. Personne ne la verra.

Rapides et silencieux, ils coururent dans les bois, se cachant de loin en loin derrière un tronc, de crainte d'être surpris par un promeneur.

Lorsqu'ils arrivèrent enfin au bord de la rivière, ils éclatèrent d'un rire joyeux.

– Si tu avais vu sa tête ! bredouilla Carrie.

Will prit aussitôt son sac à dos dans ses bras comme s'il avait tenu un bébé et imita l'expression d'Annie Hartridge les regardant passer. Carrie, une main appuyée sur le ventre, riait à gorge déployée.

– Arrête ! dit-elle. Je vais faire pipi dans ma culotte !

– Tu veux dire celle de Zach !

– Je t'en prie, arrête... le supplia-t-elle en croisant les jambes, essayant, pour se contrôler, d'imaginer un désastre imminent.

Will se laissa choir à terre et s'adossa à un arbre.

Un peu essoufflé, il contemplait la rivière. Carrie se calma enfin et vint le rejoindre.

– Tiens, dit-il en tirant le morceau de bâche de son sac, assieds-toi là-dessus.

Il étala la toile au pied d'un arbre.

– Où vas-tu ? demanda-t-elle en le voyant s'éloigner.

– Un peu plus loin. Je vais faire ton portrait.

Elle prit son livre et le posa sur ses genoux repliés. Levant un instant les yeux, elle regarda la rivière tourbillonnante avant de revenir à Will. Il était assis sur son sac, à quelques mètres, les jambes croisées, son carnet de croquis déjà ouvert. Il leva la tête et sourit.

– Ça ne te fait pas un drôle d'effet que je porte les vêtements de Zach ? demanda-t-elle.

Il secoua la tête.

– Je porte bien un de ses pull-overs.

– Oui, je sais, mais… commença-t-elle. Je n'ai encore jamais mis les vêtements d'un mort. Je devrais être horriblement gênée, n'est-ce pas ? Mais non. Je me sens bien.

Elle soupira d'aise et se laissa aller contre l'arbre.

– Si seulement les vacances pouvaient être tout le temps comme ça, murmura-t-elle. Maman a été tellement épouvantable.

– Avec Ginnie aussi ?

– Ginnie aime bien les tâches ménagères. Elle ne se plaint

jamais. Elle dit que plus elle apprend, plus elle fera une bonne épouse plus tard quand elle sera grande. De toute façon, maman me fait faire du supplément pour compenser le trimestre. Pour elle, étudier et faire ses devoirs, ce n'est pas du travail. Et elle dit que je suis devenue une vraie pimbêche. Tu trouves que c'est vrai ?

– Non.

De nouveau, elle contempla la rivière. Will posa son carnet de croquis.

– Tu es toujours malheureuse au lycée ?

– Ça va mieux maintenant. J'ai été cinquième au classement en fin de trimestre.

– Je sais. Tu me l'as déjà dit.

– Ah bon ?

Il acquiesça.

– C'est que c'est important, tu sais. Ils étaient vraiment sidérés. Ils s'imaginaient que parce que je parle comme une fille de la campagne, je dois être idiote. Je t'ai dit qu'une des filles était venue me parler très gentiment, le dernier jour ?

– Non.

– Oui. Elle m'a dit de ne pas faire attention aux autres. Que j'étais beaucoup plus intelligente que la plupart d'entre elles.

Will la dévisageait.

– Qu'est-ce qu'il y a ?

– Tu n'as plus le même ton maintenant.

Carrie eut l'air effondrée.

– On croirait entendre Zach.

A ces mots le visage de Carrie s'illumina.

– Alors, c'est bien, non ?

– Tu vas le lire, ce livre ? Je voudrais dessiner.

Elle se plongea avec bonheur dans le premier chapitre.

Will commença à croquer son visage. Puis il dessina son corps, son pied, ses mains tenant le livre, son genou. Une joie intense l'habitait. Carrie, perdue dans le monde du *Vent du Nord*, dévorait page après page.

Ils n'eurent tous deux conscience du temps passé que lorsque leur vision se brouilla avec le jour qui baissait.

– Zut ! s'écria Carrie, surprise. Il faut que je rentre !

Will refit son sac à dos et ils s'élancèrent de nouveau à travers les bois pour aller retrouver le tandem. Ils le firent passer par la brèche dans la haie et se mirent en selle. Les rideaux noirs étaient déjà accrochés aux fenêtres d'Annie Hartridge. Ils dépassèrent le cottage et mirent enfin pied à terre devant le mur du cimetière. Accroupis de nouveau, ils le longèrent rapidement, tournèrent le coin, poussèrent le vélo en courant le long de la route et franchirent le portail. Will ouvrit la porte de derrière et jeta un coup d'œil à l'intérieur.

– Vite, chuchota-t-il d'un ton pressant à Carrie en lui faisant signe d'entrer.

Il referma avec précaution la porte derrière elle. Il entendit Sammy aboyer dans le salon.

– Flûte ! murmura-t-il.

Carrie escalada l'échelle et s'engouffra par la trappe ouverte, suivie de près par Will.

Il la trouva en train de tâtonner dans la pénombre à la recherche de sa robe. Elle ôta précipitamment les vêtements de Zach et dansa sur place en culotte et petite chemise, trop occupée à remettre son jupon et sa robe pour se sentir gênée. Will éprouva une certaine surprise à ne pas l'être non plus. Ils redescendirent l'échelle et sortirent sur la pointe des pieds dans le jardin.

– Ouf, ça y est, fit-elle.

– Tu as oublié les autres livres, dit Will en remarquant qu'elle avait seulement pris celui qu'elle avait commencé.

– Je les ramènerai en douce un par un. Celui-là, je vais le glisser sous ma robe au cas où je me ferais pincer. Je ne sais pas quand je te reverrai, je vais sans doute être bouclée pendant une semaine maintenant, ajouta-t-elle l'air sombre. Mais enfin, conclut-elle avec un sourire, ça en valait la peine.

Will l'accompagna jusqu'au champ de Dobbs. Ils s'attardèrent un moment sans parler, savourant la paix du soir.

– Je crois qu'on va avoir un beau printemps, dit enfin Carrie, rompant le silence, et indiquant une grappe de petits bourgeons gonflés de sève aux branches d'un arbre qui se détachait contre le ciel.

Will contemplait le chêne par-dessus le mur.

– Est-ce que tu crois... qu'on peut mourir de bonheur ? demanda-t-il.

Carrie, déconcertée, le regarda.

– C'est que j'ai l'impression, tu comprends, que je vais éclater et, si ça m'arrive, on me retrouvera éparpillé dans tout ce champ !

Carrie se mit à rire et l'accompagna jusqu'au portail près de la ruelle où ils se quittèrent, puis Will regagna le cottage. Il pompa de l'eau dans un grand broc en zinc et le porta le long de l'abri désert jusque dans l'entrée. Lorsqu'il accrocha sa casquette, il eut l'impression que sa patère était plus bas que d'habitude.

– Avant, il fallait que je m'étire pour l'atteindre, murmura-t-il.

Il reprit le broc et gagna le salon. Sammy se mit à sauter autour de lui ; Will posa le broc à terre et s'agenouilla pour le caresser.

« Quand je pense, songea-t-il, qu'au début tu me faisais peur. »

Tom, assis dans le fauteuil, consultait les programmes radiophoniques dans le journal.

La bouilloire fumait sur le feu. Will en saisit l'anse avec un torchon et versa un peu d'eau dans la théière. Après l'avoir fait tournoyer pour chauffer le récipient, il y mit une pincée de thé, et la remplit de nouveau. Il laissa infuser le thé un moment avant de le servir dans deux tasses.

Sammy s'affala près du pouf et Will se laissa choir près de lui.

– Il y a quelque chose de bien ?

Tom replia le journal.

– Pas vraiment. Il n'y a que de la musique pour les soldats.

Et il prit sa pipe sur la petite table et commença à la bourrer.

Tout comme il avait soudain découvert que le niveau de sa patère semblait avoir baissé, Will remarqua à quel point Tom paraissait vieux et vulnérable. Il en fut tout d'abord troublé, car c'était la force de Tom qui l'avait toujours frappé. Il le regarda tirer sur sa pipe et tasser le tabac avec l'extrémité d'une allumette.

Will avala quelques gorgées de thé, puis alla remettre du charbon dans la cuisinière. Tandis qu'il regardait les boulets cascader entre les bûches et le charbon déjà incandescent, l'idée lui vint que la force n'avait rien à voir avec la dureté et qu'on pouvait être vulnérable sans être faible pour autant.

Il leva la tête et se pencha vers Tom.

– Papa… commença-t-il.

– Oui, répondit Tom en posant le livre emprunté à la bibliothèque. Qu'est-ce qu'il y a ?

– Papa, dit Will, d'une voix étonnée, je grandis !

TABLE DES MATIÈRES

POUR FAIRE CONNAISSANCE AVEC MICHELLE MAGORIAN, QUI A ÉCRIT CE LIVRE

OÙ ÊTES-VOUS NÉE ?
M. M. Je suis née à Portsmouth, en Angleterre, deux ans après la fin de la guerre.

ÊTES-VOUS UN ÉCRIVAIN À TEMPS COMPLET ?
M. M. Aujourd'hui, oui. Mais j'étais comédienne à temps complet lorsque j'ai commencé à écrire. Je jouais dans différents théâtres de la ville, répétant six jours par semaine et montant le soir sur scène. J'écrivais le dimanche et les jours de relâche !

QU'EST-CE QUI VOUS A INSPIRÉ* BONNE NUIT, MONSIEUR TOM *?
M. M. Depuis l'âge de dix ans mes bulletins scolaires indiquaient que je pourrais faire beaucoup mieux si je n'étais pas si souvent dans la lune. Malgré ces mises en garde, je continuais à rêvasser, mais de manière différente, en regardant fixement mon cahier d'exercices. Dès lors, les professeurs écrivirent « fait beaucoup d'efforts » et pensèrent que j'étais un peu stupide. Il m'arrivait aussi de noter mes rêves et de les transformer en scénarios. Il y a de cela plusieurs années, j'étais assise dans une laverie automatique. Le linge qui tournait dans la machine était vert et marron. Je me mis à songer aux feuilles et aux arbres. La couleur verte me faisait aussi penser à la jeunesse et à la fragilité, tandis que la couleur marron évoquait la terre et la stabilité. J'imaginais alors un jeune

hêtre et son tronc étroit, puis un chêne aux racines noueuses qui s'enfonçaient profondément sous terre. A quel genre de personne pouvait faire penser un jeune hêtre ? Soudain, je me figurai un petit garçon à l'apparence fluette qui portait une étiquette autour du cou et se tenait dans un cimetière. Je sus immédiatement qu'il était réfugié. Il devint William Beech*. L'homme qui l'avait recueilli était petit et trapu et s'exprimait avec un accent prononcé de la campagne. Il avait le visage hâlé car il travaillait aux champs. Cet homme devint Tom Oakley*. Il me faisait penser à mon grand-père irlandais. Et j'eus envie de raconter leur rencontre. Peu après me revinrent des récits de l'époque du Blitz à Londres, que ma mère, qui à l'époque était infirmière, m'avait faits. Elle m'avait parlé d'un enfant qu'elle avait découvert par terre, pelotonné sous son lit. « Mais tu ne vas pas t'endormir là ! Couche-toi dans le lit ! » lui avait-elle dit. « Quoi ! A l'intérieur ? » avait répondu le petit garçon, qui n'avait jamais dormi dans un lit.

COMMENT AVEZ-VOUS ÉCRIT CE LIVRE ?

M. M. Même si cela faisait dix ans déjà que j'écrivais, c'était mon premier livre. Ce ne fut qu'après avoir rédigé treize chapitres qu'il me sembla savoir comment en bâtir un. Je travaillais entre deux représentations. Lorsque tout fut terminé, j'étais dans un état de grande excitation. Je courus chez mes amis pour leur faire part de la nouvelle. J'avais enfin écrit un vrai livre ! Mais il ne me serait jamais venu à l'idée qu'il soit publié. Je m'inscrivis à des cours d'écriture dans un institut littéraire de Londres. Un jour, j'eus le courage de lire à la classe un chapitre entier de mon livre ; le professeur se montra très enthousiaste et me conseilla de l'envoyer à un agent littéraire qui le fit parvenir à un éditeur. Et mon manuscrit fut retenu pour publication ! Pour une rêveuse comme moi, écrire un livre, c'est voir se réaliser le plus beau de ses rêves ! C'est à la fois beaucoup de bonheur et beaucoup de travail. Et il reste encore un rêve à réaliser : qu'un lecteur s'empare du livre, l'ouvre au premier chapitre et se laisse emporter à son tour.

---

* N. de E. : *Beech* signifie hêtre et *Oak*, chêne.

Johanna Kang nous raconte comment elle a illustré *Bonne nuit, monsieur Tom*

Je suis une illustratrice pleine de curiosité pour les images des autres. J'aime connaître le texte qui est à l'origine d'une image et qui l'a suscitée, c'est pourquoi je suis amenée à lire de plus en plus de livres destinés à la jeunesse. A travers les deux tomes retraçant l'histoire d'un jeune garçon durant ces années tourmentées que furent celles de la Seconde Guerre mondiale, nous allons de découverte en découverte. Nous voyageons en train, en tandem, en vélo, aussi bien en ville qu'au bord de la mer. L'énergie qui se dégage de ce texte rebondissant, je l'ai voulue présente dans mes illustrations. J'ai souhaité entourer le personnage principal, en constante évolution, d'images qui supportent cette évolution. Les idées de dessin me venaient d'ailleurs aussi facilement que William Beech venait à bout de ses aventures et de ses mésaventures si je puis dire. Ce texte a su me captiver et m'a particulièrement émue. Est-ce parce que c'est la seconde fois que je suis amenée à travailler sur ce sujet touchant qu'est « L'enfant et la guerre » ou est-ce parce que ce thème est malheureusement d'actualité à deux pas de chez nous, et cela à la veille du cinquantième anniversaire de la Seconde Guerre mondiale ?

Johanna Kang est de nationalité franco-américaine. Elle réside en France depuis quatre ans. Elle est diplômée d'une école d'art et a illustré La Grande Peur sous les étoiles *(Syros), qui a obtenu le prix graphique de la Foire de Bologne 1994.*

LECTURE JUNIOR

VOICI D'AUTRES TITRES À DÉCOUVRIR POUR LE MÊME ÂGE :

BONNE NUIT, MONSIEUR TOM (1ÈRE PARTIE)
DE MICHELLE MAGORIAN, illustrations de Johanna Kang
Au début de la Seconde Guerre mondiale en Angleterre,
Tom Oakley recueille William, un enfant craintif et mal-aimé...

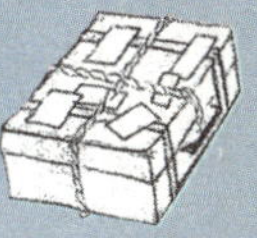

LE FANTÔME DE MAÎTRE GUILLEMIN
DE EVELYNE BRISOU-PELLEN, illustrations de Romain Slocombe
Des crimes, au cœur desquels se trouve Martin, un jeune étudiant :
une passionnante énigme dans la Bretagne du Moyen Age.

FILLE DU MATIN
DE MICHAEL DORRIS, illustrations de Marc Taraskoff
La vie de deux enfants dans les Caraïbes, au XVe siècle.
L'arrivée d'un événement extraordinaire.

LES ENFANTS DE CHARLECOTE
DE B. FAIRFAX-LUCY ET P. PEARCE, illustrations de Georges Lemoine
La complicité de quatre frères et sœurs livrés à eux-mêmes,
dans un château de la campagne anglaise.

POURQUOI PAS PERLE ?
DE MARIE FARRÉ, illustrations de Claude et Denise Millet
Ou comment trouver sa meilleure amie
en écrivant le journal de ce qui arrivera le lendemain.

LE SECRET DU JARDIN
DE JANNI HOWKER, illustrations de Anthony Browne
C'est un jardin extraordinaire dans lequel une très vieille femme
va dévoiler à Liz le grand secret de sa jeunesse.

MON DRÔLE DE PETIT FRÈRE
DE ELIZABETH LAIRD, illustrations de Ken Brown
L'histoire d'un petit frère handicapé qui va apprendre à sa sœur
Anna bien des choses sur la vie.

LE RÊVE D'ANTHÉA
DE MARGARET MAHY, illustrations de Philippe Poirier
Entre rêve et réalité, un roman envoûtant qui ouvre grandes
les portes de l'imaginaire.

VICTOR VICTORIEUX
DE JAN MARK, illustrations de Jame's Prunier
Il existe des cancres : Victor, par exemple. Et des passionnés, comme
Andrew, qui adore les avions. Ils deviendront les meilleurs amis.

ANYA
DE MICHAEL MORPURGO, illustrations de Rozier-Gaudriault
1940. La guerre. L'Occupation et ses dures réalités qui vont révéler
à Jo son courage, dans un récit simple et bouleversant.

LECTURE JUNIOR

Le roi de la forêt des brumes
de Michael Morpurgo, illustrations de François Place
En plein Himalaya, Ashley fuyant l'armée chinoise en compagnie d'un moine tibétain rencontre une créature ressemblant au yéti légendaire…

La guerre dans les collines
de Billi Rosen, illustrations de Sylvaine Pérols
La guerre civile fait rage en Grèce, plongeant deux enfants dans la tourmente. Mais l'espoir finira par triompher.

Alexandre le dinosaure
de Tor Seidler, illustrations de Miles Hyman
Edward n'est pas un héros : il saura pourtant se faire apprécier… grâce à un dinosaure, de la plus jolie fille de la classe.

L'histoire de Monsieur Sommer
de Patrick Süskind, illustrations de Sempé
Une enfance, un premier amour, de terrifiantes leçons de piano, et l'omniprésence d'un marcheur infatigable : Monsieur Sommer.

Le Loup des frontières
de Rosemary Sutcliff, illustrations de Jean-Marc Pau
Les Loups des frontières : de terribles barbares ralliés à Rome, dont Alexius vient de prendre le commandement et dont il va lui falloir gagner le respect.

La pourpre du guerrier
de Rosemary Sutcliff, illustrations de Philippe Munch
Le jeune Drem parviendra-t-il un jour à porter la pourpre du guerrier, symbole de son acceptation dans le clan ?

Un été en Sicile
de Rose Tremain, illustrations de Agnès Audras
Après avoir quitté Londres dans de douloureuses circonstances, George découvre une île calme et ensoleillée. Mais le volcan commence à gronder…

L'homme des vagues
de Hugo Verlomme, illustrations de Marc Lagarde
Le temps des vacances. L'océan et ses vagues. Floria, dont Kevin est amoureux, et puis Bud, l'Australien, qui porte en lui un terrible secret…

Ma sœur est une sorcière
de Diana Wynne Jones, illustrations de Georges Lemoine
Persuadée d'avoir des pouvoirs surnaturels, Gwendoline va provoquer des événements plus étranges et plus inquiétants les uns que les autres…

Loi n° 49-956 du 16 juillet 1949 sur les publications destinées à la jeunesse
ISBN 2-07-058351-1 Numéro d'édition : 66659 Dépôt légal : mai 1994
Imprimé par l'Imprimerie Hérissey, à Évreux